光文社文庫

長編時代小説

情けの背中

父子十手捕物日記

鈴木英治

光　文　社

目次

情けの背中　父子十手捕物日記

第一章　友垣千石船

一

いったいどこに行ってしまったのか。

御牧文之介は、地団駄を踏みたい気分だ。

その気持ちを抑えこんで、こうして板敷きの間に正座していると、冷えがじんわりと足を這いのぼってくる。

冬が近いんだな。

それを思うと、憂鬱でならないが、今はそんなことはどうでもよかった。

なぜお春は黙って姿を消したのか。

考えるまでもない。

お春は味噌や醬油を扱う三増屋という大店の娘だが、三増屋のあるじでお春の父親の藤蔵が嘉三郎という極悪人にだまされて、毒入りの味噌を巧妙につかまされたことにより、十名もの客が死に、五十名を超える者が床に臥せることになったからだ。

お春がつくった味噌汁を飲み、文之介も一時は命が危うい状況に陥った。

三増屋の娘として、店の味噌を食べたがゆえに、わけもわからず死んでいった人たちに対して、申しわけなさで一杯なのだろう。

文之介にも、合わせる顔がないのだ。

お春はそういう娘だった。幼い頃から、責任を感じる気持ちが特に強かった。

だが、お春にはなんの罪もない。憎むべきは、毒入りの味噌を藤蔵に仕入れさせた嘉三郎なのだ。

だからといって、と文之介は思った。黙っていなくなっていいということはないぞ、お春。

毒のせいでずっと眠り続けていた文之介の世話を、昼夜をわかたずしてくれたお春は、文之介が床を離れ、普段通りに動けるようになったところを見計らって、御牧屋敷を去ったのだ。

今、どこでなにをしているのか。

元気なのか。

金は持っているのか。

大店の娘だから、無一文ということはないだろうが、驚くほどの金を所持しているはずがない。

それだけでも心配でならないのだが、文之介がもっと気がかりなのは、お春自ら嘉三郎を探しだそうとしているのではないか、と思えることだ。

お春は嘉三郎を許せない気持ちでいる。それは紛れもない。

とらえ、獄門にするつもりでいるはずだ。そうなれば、死んだ人たちの仇を討てるし、いまだに牢につながれたままの藤蔵を外にだすこともできる。

実際に、お春は嘉三郎の顔を見ている。一度、御牧屋敷に嘉三郎が忍びこんできたことがあり、そのときに出くわしているのだ。

でもよ、お春。

文之介は面影を眼前に引き寄せ、呼びかけた。

いったいぜんたい、素人になにができるっていうんだ。

あんな狡猾な男を、どうやってとらえるんだ。

お春みたいな小娘にできる業ではない。これまでに何度、町奉行所の者たちも煮え湯を飲まされてきたか、わからないっていうのに。

どうして俺たちにまかせておかねえんだ。

いや、と文之介は思った。これまで俺たちのていたらくを見続けてきたから、そんな気になったのかもしれねえ。

文之介にも、嘉三郎をとらえる機会は確実にあった。逃がしたのは自分のせいとはいえないものの、俺がもっとしっかりしていればなんとかなったのではないか、という思いがないわけではない。

文之介はうなだれた。もう一度、お春の面影を思い浮かべる。どこか悲しげな顔だ。だが、やはり、お春らしい負けん気の強さを覚えさせる瞳もしている。それは幼い頃のままだ。

無茶をしなけりゃいいが……。

もちろん、お春がたやすく嘉三郎にたどりつけるはずもない。

文之介にとって怖いのは、嘉三郎がお春に逆に目をつけることだ。

嘉三郎は、文之介にとってお春が最も大事な人であるのをまずまちがいなく知っている。お春を手の内にすれば、文之介の魂を握ったも同然と考えても、決して不思議はない。

嘉三郎はすでに、御牧屋敷を離れたお春が自分を探しはじめたことを知っているだろうか。

文之介としては知らないことを祈るしかないが、嘉三郎という男は恐ろしく耳がはやい。

いや、耳だけではない。勘も鋭い。実際に耳に届かずとも、肌でそのことを感じてしまうのではないか。

あやつが知らぬはずがない、という思いがわきあがってくる。

お春、と文之介は呼びかけた。無事でいてくれ。そうであってくれれば、俺はほかになにもいらねえ。

つつがなくいてくれたら、きっと会える。

だが、それはいったいいつのことなのか。

それを考えると、岩でものせられたかのように気が重くなる。

なにしろ、心当たりをほとんどすべて探してみたが、お春の痕跡を見つけることはまったくできなかったのだ。

このまんま、ずっと見つからねえなんてこと、ねえだろうな。

冗談じゃねえ。俺はきっと見つけてやる。お春をこの手に取り戻すんだ。

知らず拳を握り締めていた。

それを見て、文之介は平静に戻った。

こんなに熱くなっちゃあいけねえや。定町廻りは常に冷静でいねえと。

文之介は部屋を見まわした。

燭台のろうそくが揺れ、舞いあがったすすが部屋の暗さに溶けこむように一瞬で見えなくなった。床の冷たさは、先ほどより増してきた感がある。

　しかし遅えな。

　身を震わせて、文之介はわずかにいらだちを覚えた。ここに来て、すでに半刻（はんとき）近くはたっているのではないか。

　いつもこんなに待たされるものなのか。

　なにかまずいことが起きたのでなければいいが。

　いや、妙なことは考えるな。

　自らを戒（いまし）める。

　そんなことを思うと、うつつになっちまうからな。

　文之介は、かたわらに置いてある風呂敷包みに目を向けた。

　中身は一冊の書物だ。

　あけてみるか。

　退屈しのぎというわけではないが、読んでいれば少しはときがはやくたってくれるだろう。

　だが、読むのにはまわりがちと暗すぎるか。

「御牧どの」

　ためらっているうちに、横合いから呼ばれた。

声をかけてきたのは、奉行所内にある囚人置場と呼ばれる牢の役人だ。

かたわらに溜まりと呼ばれる土間があるが、いつの間にそこに立っていたのか。少し不気味さを覚えさせる男だ。

「お待たせした、どうぞ、こちらに」

役人があがってきた。

ここは囚人置場近くにある小さな板敷きの間だ。燭台が一つ灯されているだけで薄暗いが、しわ深い役人の顔は陰を張りつかせでもしているかのようにくすんで見える。長いあいだ、こういうところにつとめていると、表情はそうなってしまうものなのかもしれない。物腰の不気味さも、そのあたりからきているのか。

「ありがとうございます」

文之介は風呂敷包みを手に立ちあがった。半刻近く正座し続けていたから、足にしびれがないわけではないが、意外にすんなりと歩きはじめることができた。

このあたりは、成長の証といっていいだろう。定町廻り同心になりたての頃は、こういうわけにはいかなかった。

板戸が横に引かれ、文之介は暗い廊下に足を踏みだした。

廊下は二間ほどで扉に突き当たり、役人が重い音を立てて錠をあける。

扉がひらき、闇の入口のような土間が姿をあらわした。幅は半間ほど。土間の両側に、格子がっちりはまった牢が続いている。

「こちらでお待ちください」

役人が土間におり、扉を閉めた。

文之介は再び冷たい床に腰をおろした。暗いことは暗いが、どこからか光が忍びこんでいるようで、廊下はむしろほのかな明るささすら感じられた。目が慣れたというのもあるのかもしれない。

いや、ここは廊下ではない。

文之介は唐突に気づいた。

ここは囚人置場の控えの間ではないか。

これまで何度かここには来たが、ついぞこのことには思いが至らなかった。

相変わらず抜けてやがんな。

文之介は力なく首を振った。

扉が引かれる。

「あがれ」

先ほどの役人が横柄に言葉を発した。文之介に向けたものではなく、牢から連れてきた者にいったのだ。

暗い土間から控えの間にあがってきたのは、藤蔵だ。

顔のあげ方を忘れてしまったかのように、うなだれているが、表情はそこだけ浮き彫りにされたようにはっきりと見える。

文之介は息をのみかけて、かろうじてこらえた。

長いあいだ会わずにいたが、正視するのに忍びないやつれぶりだ。

目は落ちくぼみ、頰(ほお)はこけ、唇(くちびる)はかさつき、肌はどす黒くなっている。

人ってのは、暮らしぶり一つでこんなにも変わっちまうものなのか。

文之介にとって、初めてといえる衝撃だ。

見習いとして町奉行所に出仕しはじめてから十年近くたち、これまで囚人はたくさん見てきた。牢に入れられることで人相がひどく変わるのは珍しくないが、ここまでというのは滅多にない。

相当、こたえている。

はやくだしてやらねば、と文之介は強く思った。

藤蔵は正座した。うなだれたままだ。目の前に誰が座っているのか、解していない。

藤蔵の斜めうしろに役人が腰を落ち着けた。

文之介は深く息を吸い、吐いた。少し気持ちが落ち着く。

「藤蔵」

静かに声をかけた。

しかし、藤蔵はきこえていないように身動き一つしない。

文之介はもう一度、呼んだ。

藤蔵の顔が、痙攣したようにぴくりと動いた。毛虫が這うようにゆっくりと目があがってゆく。

濁ってしまった瞳が、文之介の視野に入ってきた。藤蔵の持つ、聡明さなどかけらも感じられない。

文之介は痛ましい思いで、胸が一杯になった。

誰が座っているのか、わからないというぼんやりとした表情で、藤蔵が文之介を見ている。

もう一度、声をかけるのはたやすかった。だが、そうする前に藤蔵に誰がやってきたのか、わかってほしい気持ちがもたげている。

「あっ」

藤蔵が声をあげた。頬に赤みが差す。

「文之介さま」

年寄りのようなかすれ声だ。

文之介は顔をしかめそうになったが、かろうじてこらえた。

「元気そうだな」

満面に笑みをたたえていった。

「……とんでもない」

藤蔵はがくりと首を落とした。嗚咽しはじめた。床の上に両手を置き、肩を震わせる。

「元気など、もはやどこを探してもありません。手前は、もう生きている感じが一切しません。今日も取り調べで出されたのではないか、と怖くてなりませんでした。正直、生きた心地がしませんでした」

そうか、うなだれていたのはそういうことだったのか。

吟味方の役人の取り調べは、容赦がないことで知られる。藤蔵に対し、さすがに拷問めいたことまではしていないとは思うが、言葉だけで責められても、藤蔵のような善人には相当きつかっただろう。

「いえ、亡くなった方やいまだに臥せられている方のことを思えば、手前など、生きていること自体、おこがましいのですが」

「そんなことはない」

文之介はかぶりを振った。

「藤蔵、生きているというのは、やはりすばらしいことだと思うよ」

藤蔵がはっとする。

「やはりお顔の色がすぐれないようにお見受けいたしますが……」

「そんなことはねえよ」

文之介は笑って否定した。頬をなでる。

「顔だって、つるつるぴかぴかさ」

「それならよろしいのですが」

文之介は笑みを消し、気を引き締めた。

「藤蔵、もう取り調べはないよ」

藤蔵が喜色を浮かべる。

「まことでございますか」

「うん。藤蔵が嘉三郎にだまされただけというのは、奉行所の誰もが知っている」

藤蔵が息をつき、ほっとした顔になった。

「でしたら、手前は、出られるのでございますか」

「うん」

不意に藤蔵が体を寄せてきた。どこにこれだけの力が残っていたかと思えるほどの勢いだ。

「いつでございますか」

藤蔵は文之介の両肩をつかみそうになったが、そばにいる役人に制される前にとどまり、なにごともなくすんだ。

文之介は腰を浮かせかけた役人にうなずいてみせてから、藤蔵に目を当てた。ふだんとても温厚な男が、感情をこれだけあらわにする。牢に入れられているというのは、手荒くかんなをかけられているように心身をすり減らすものなのだろう。

「すまねえ、まだわからねえんだ」

文之介としては、ほかに答えようがなかった。本当にまだ決まっていないのだ。

藤蔵が嘉三郎にだまされたといっても、十名もの死者が出ていることは紛れもない事実で、その責をどう問うのか、ということもある。

味噌を扱っている店のあるじとして、売り物に毒を入れられているのを見抜けなかったのは、落ち度ではないのか。

そういう意見もある。

死罪をまぬがれるのはまちがいなさそうだが、下手をすれば遠島(えんとう)もあり得る。もしかすると、重追放(じゅうついほう)あたりでけりがつくかもしれない。

重追放になると、江戸にはむろん住むことはできない。上方(かみがた)も駄目だ。主要な街道沿いの町で暮らすことも許されない。

文之介としては、敲(たた)きあたりでなんとかしたいと考えているが、果たしてどういう決着が待っているのだろうか。

「さようでございますか」

藤蔵がうつむく。

「藤蔵」

文之介は顔をあげさせた。

「お春のことなんだが」

いいづらいが、ここは伝えるしかない。

藤蔵の瞳が、ろうそくの炎のように不安げに揺れる。

「よもやお春になにかあったのでございますか」

文之介はいわぬほうがいいか、とわずかに迷った。

いや、いわねばならねえ。そのためにこうしてやってきたのだから。

「行方知れずになった」

「行方知れず……」

藤蔵はいわれた意味がわかっていないような顔をしている。

「ずっとうちにいたのは知っているな。それが、出奔しちまったんだ」

ようやく解した表情になった。目をみはる。

「いつからでございますか」

「おとといだ。俺なりにお春が行きそうな場所を探してみたが、今のところ見つかっていねえ」

「でも、どうしてお春は出奔したのでございますか」

文之介は理由を説明した。ただし、自分がお春の味噌汁を飲んで毒にあたったことは告げなかった。

「さようでございましたか。あの娘は昔から、なんでも自分のせいにしてしまうところがございました。悪いのは、手前でございますのに」

藤蔵がうつむく。手ではぬぐいきれない涙が、しずくのように床に落ちる。

文之介は、藤蔵の気持ちが落ち着くのをしばらく待った。

「お春に関して、手がかりらしいものはまだなにもねえんだ。藤蔵――」

「はい」

藤蔵の目が腫れて、真っ赤になっている。

「おまえさん、お春が行きそうな場所に心当たりがないか」

「心当たりでございますか」

頬についた涙を拳で払って、藤蔵が考えこむ。

沈黙の水が流れ、湯飲みほどの器にたまったと思える頃、藤蔵が口をひらいた。

文之介は、それをじっときいた。

だが、ここは、という目新しいところはなかった。藤蔵が口にしたのは友と親類、縁者の類だった。それらは、すでに文之介が当たった者たちでしかない。

「そうか、藤蔵。さっそくその者たちから話をきいてみるよ」

「よろしくお願いいたします。せめてお春につながる手がかりが見つかれば、よろしいのですが……」

文之介は頬に深い笑みを刻んだ。

「見つかるに決まってるさ。藤蔵、まかしておきな」

「はい、ありがとうございます」

藤蔵が下を向き、涙ぐむ。

「藤蔵、一つ、きかせてほしいんだが」

「はい」

藤蔵が涙まじりの声で答える。

「例の味噌のことだ」

藤蔵の顔がゆがむ。

「すまねえ、ききにくいことなんだが、答えてくれ」

「いえ、手前こそ失礼いたしました。なんなりとおききになってください」

うん、と文之介はうなずいた。

「じゃあ、きくぞ。例の味噌なんだが、はじめて食べた味だったか」

「はい、さようにございます。甘みが強くてとろりとしていてこくがあって、しかもさわやかな辛みが広がり——こんなにおいしい味噌がまだこの世にあったのか、とまで思いました」

藤蔵は、江戸に出まわっている味噌のほぼすべてを知っている。その藤蔵をして、こうまで感嘆させたのだ。

文之介自身、毒入りの味噌汁を飲んだとき、生きててよかったという気持ちになったのは確かだ。

味噌汁を飲んで、幸せだと感じたことはほとんどない。文之介にとっても、それだけうまい味噌だった。

「どこの味噌だと思う」

「吉加屋の者は、いえ、吉加屋を演じた者は京の味噌と申していました。それが本当なのかどうかは、正直わかりません。ただ、上方の味噌であるのは、まずまちがいないと思います」

上方の味噌か、と文之介は思った。あの上品な味はやはりそういうことなのだろう。しかし上方の味噌といっても、数え切れないほどある。

文之介はかたわらの風呂敷包みを解いた。なかの書物を取りだす。藤蔵に会うにあたって囚人置場に持ちこむことを、事前に許されている。

文之介は藤蔵に手渡した。父が書物問屋から仕入れてきた『京洛名品綱目』という書物で、上方の名品などが載っている。味噌の筋を手繰ってゆくことこそが、嘉三郎にたどりつく道であると文之介は考えている。これは、父の丈右衛門とも相談してのことだ。

藤蔵が真剣な顔で『京洛名品綱目』に目を通しはじめた。

「上方の名物などが、ずいぶんと詳しく書かれていますね。手前、はじめて読ませていただきました」

「そうか」

文之介は小さくうなずいた。

「あの味噌と思えるものはわからねえか」

藤蔵がすまなそうに身を縮める。

「申しわけないことにございます」

「いや、いいんだ。気にしねえでくれ」

文之介は藤蔵の肩に手を置いた。顔を見つめる。

凝視の意味を覚り、藤蔵が寂しげな表情を浮かべた。

「お帰りになるのでございますね」

文之介はうつむいた。

「すまねえ」

「いえ、謝られるようなことではございません」

藤蔵が目をあげ、気丈にいう。

文之介は胸を張った。

「きっとすぐに外にだす。父上も藤蔵のために動いているから」

「さようでございますか」

丈右衛門が力を貸しているというのは、藤蔵にとって大きなことのようで、喜色をあらわにした。

「手前のような者のために、ありがたいことにございます」

「父上にとって、藤蔵は無二の男だ。当然のことさ」

もう一度、肩を叩(たた)いてから、文之介は立ちあがった。

きっとだしてやるから。

見あげる顔に、心で語りかけた。

二

子供の頃から、なんでも自分のせいと考えるきらいがあった。

だからお春は屋敷を出ていったのだ。

丈右衛門は心配でならない。

気が強くて聡明な娘。嘉三郎を探しだすつもりでいるのはわかっている。

だからといって、お春が嘉三郎にすぐさまたどりつけるはずがない。

それは断言できる。

危うく思えるのは、嘉三郎がお春に目をつけることだ。文之介にとって一番大事な人であるのを、嘉三郎はすでに知っているだろう。

お春は文之介の最大の弱点といっていい。嘉三郎は、そういう人の弱みにつけこむことを最も得手にしている。

そういう男がお春を手のうちに入れたら、どうなるか。

思うだにぞっとする。

むろん、文之介も嘉三郎がお春を狙っているのは、よくわかっている。一刻もはやくお春を見つけねばと考えている。

夜明け頃に文之介が出仕したのはそのためだ。

囚人置場にいる藤蔵に会い、お春について話をきくつもりでいるのだろう。

今、丈右衛門にできることは、お春が嘉三郎と偶然に出会うことがないように、祈ることだけだ。

それにしても、お春はどこにいるのか。

我が子も同然の娘の気持ちに気づかなかった不明を、丈右衛門は恥じるしかない。これまで無駄に年を食ってきたような気がしてならない。

文之介は、お春が行きそうな心当たりすべてに足を運んでみたが、姿を見るどころか、手がかりすらなかったそうだ。

胸が張り裂けそうだろう。

しかし、と丈右衛門は思った。文之介がお春を見つけたそのときこそ、二人は今よりもずっと仲むつまじくなるにちがいない。そんな気がしてならない。

好き合った二人が夫婦(めおと)になる。これ以上のことはない。

はやくその日がこぬものか。

丈右衛門は待ち遠しくてならない。

しかしその前に、嘉三郎をとらえねばならぬ。

「あなたさま」

妻に声をかけられた。

丈右衛門はお知佳(ちか)を見た。

お知佳は、赤子のお勢(せい)をおぶっている。お勢はいつものように、穏やかな寝息を立てている。

お勢はお知佳の連れ子で、丈右衛門の血をわけているわけではないが、実の子以上の気持ちで育てている。

「おかわりはいかがです」

いわれて、丈右衛門は茶碗に目を転じた。苦笑いする。

「空(から)であったか」

お知佳に茶碗を手渡した。

「軽めでよいぞ」

「承知いたしました」

お知佳が、ふんわりと半分ほどよそった茶碗をよこした。

「このくらいでよろしいですか」

「ありがとう」

丈右衛門は箸(はし)をつかいはじめた。

「しかし食べられなくなったなあ」

梅干しと一緒に飯を口に放りこんでいった。咀嚼しつつ、種を吐きだす。

お知佳が鼻のところにしわを寄せて、小さく笑った。

「四杯目のお方が、そんなことをおっしゃってはいけません」

丈右衛門は、むっと茶碗を見直した。

「そんなに食べているのか」

お知佳が、えっと声を放つ。

「覚えていらっしゃらないのですか」

今度は丈右衛門が笑う番だった。

「冗談だよ。いくらなんでも覚えておるさ」

お知佳はまじめな表情を崩さない。

「まことにございますか」

「そんなに真剣になっては困るな。それではまるで、わしが耄碌しはじめているようではないか」

お知佳は取り合わず、丈右衛門をじっと見た。

「丈右衛門さまのお歳はいくつにございますか」

「知らぬのか。五十五よ」

それをきいて、お知佳がほっと胸を押さえる。

「合っております。安心いたしました」

「当たり前だ。自分の歳くらい、わからなくてどうする。そなたの歳も知っているぞ。二十四だ」

お知佳が身を引くようにして驚く。

「とんでもない。私はまだ十九にございますよ」

丈右衛門はくすりと笑いを漏らした。

「耄碌しはじめているのは、どうやらそなたのようだな」

お知佳が花のような笑みを浮かべた。

「かもしれませんね」

和やかな雰囲気のなかで朝餉は終わった。こういう感じに長いこと、丈右衛門は飢えていた。

お知佳を妻に迎えて、肌に刻みこむようにはっきりとわかったことだ。

妻を病で失って以来、独り身を通してきて、文之介という明るいせがれと一緒の暮らしに慣れ、孤独を孤独と解していなかったにすぎない。

お知佳とお勢。この二人なしでの暮らしなど、もはや丈右衛門には考えられない。

「先ほど、なにを思案されていたのでございますか」

丈右衛門はお知佳を見返した。

「わかっているのであろう」

「お春さんのことにございますね」

「そうだ」

お知佳が涙を浮かべる。

「あなたさま、本当に申しわけないことにございます」

いきなり畳に手をついたから、丈右衛門はすかさず腰をあげ、お知佳を抱き寄せた。

その気配に感づいて、背中のお勢が目をあけた。

なんでもないというように丈右衛門がほほえみかけると、安堵したように再び目を閉じた。すぐに寝息がきこえだす。

丈右衛門はお知佳の顔をのぞきこんだ。

「お春がいなくなったのは、そなたのせいではない。自分を責めるな」

「でも――」

「でも、ではない。お春がいなくなったのは、誰のせいでもない。あの娘自身の判断だ。大人の娘がそうと決めたものを、誰がとめられる」

お知佳は答えず、丈右衛門の腕のなかで静かに泣き続けた。


凶悪。

これ以外、嘉三郎という男をいいあらわす言葉は見つからない。

丈右衛門は、とらえたくてならない。

この手で必ずとらえるという決意は、岩のように揺るがない。

つかまえたら、思い切り殴りつけ、地に這わせたい。馬乗りになり、歯が折れ、目が潰れ、頬が腫れあがるまで、拳を振るいたい。

嘉三郎の捕縛がうつつのものになったとき、そんな真似をすることがないのは、丈右衛門自身、わかっている。

罪人を傷つけない。

それは長年のあいだ同心をつとめてきた結果、体に染みついたものとなっている。捕物を除き、これまで一度たりとも罪人を殴りつけたことはないのだ。

いや、嘉三郎に限って、果たしてどうだろうか。

本当に嘉三郎をこの手でとらえたとき、殴らずにいられるだろうか。

正直、自信がない。

それに、自分はもはや同心ではない。嘉三郎を目の前にしたとき、歯どめがきかないのではないか。

自分でない自分を見せられるようで、怖い。怖くてならない。

もうやめておけ。

早足に歩を進めつつ、丈右衛門は自らにいいきかせた。

今そのようなことを考えたところで、詮ない。

考えるべきことは、どうすれば嘉三郎をつかまえられるか、この一点だ。

嘉三郎の居場所につながる道は、二筋あると思っている。

一つ目は、嘉三郎が役者あがりの二人をつかって、三増屋に入れさせた味噌だろう。

その味噌を丈右衛門は味わっていないが、藤蔵によれば、まろやかな甘みに加え、あとロにさわやかな辛みがあったという。

味噌のことを熟知している藤蔵がこれまで知らなかった味噌を、どうして嘉三郎が知っていたのか。

『京洛名品綱目』に記されている味噌の一つにちがいないが、あの書物のなかには相当な数の味噌の記述があった。

文之介が一所懸命調べているが、いまだに名の知れない味噌を、嘉三郎はどういう物差しで選んだのか。

嘉三郎は、その味噌と浅くない因縁があるのではないか。

その因縁を明らかにできれば、嘉三郎の居どころにきっとたどりつけると丈右衛門は踏んでいる。

嘉三郎へとつながるもう一筋の道は、肝神丸という阿蘭陀渡りの肝の臓の妙薬だろう。

嘉三郎がおきりという母に用いた薬だ。高価で、しかも江戸で扱っている薬種屋はたったの二軒でしかない。

嘉三郎は肝神丸を、本所松倉町にある広鎌屋という店で買い求めている。それが四年前のことだ。

嘉三郎はこの薬を、『蘭剤妙薬』という滅多に目にすることのない書物から知ったのであろう。嘉三郎は書物問屋に一時期、入り浸っていたのだ。

肝神丸は肝の臓の病によく効くそうだが、一方、強い毒にもなり得るという。

しかしどうやって、嘉三郎は肝神丸が広鎌屋で売っているのを知ったのか。母のために必死に探し求めた結果、道がひらけたのだろうか。

三増屋に持ちこまれた味噌に入れられていた毒は、肝神丸であると断じていい。

嘉三郎が肝神丸を入手した先がすでにはっきりしている以上、もうそれにこだわることはないのだが、丈右衛門の勘がそうではないと告げている。

肝神丸がどう嘉三郎につながってくるのか、それはまだわからないが、なにかしら続きがあるような気がしてならない。

だから、丈右衛門としては味噌のことは文之介にまかせ、肝神丸の筋を追ってゆくつもりでいる。

ただし、その前に一つやることがあった。それをすませてからでないと、肝神丸に本腰を入れられない。

丈右衛門は足をとめた。

目の前に、巨大な門がそびえるように建っている。国持ち大名と同じ格式の門である。

二人の門衛が、にこやかに挨拶してくる。

両名とも、もちろん顔見知りだ。

丈右衛門は門衛の一人に用件を伝えた。

丈右衛門に頼まれごとをされたことがたまらなくうれしいように、門衛が表情を輝かせる。

その門衛は小者の一人を呼び、町奉行所内に走らせた。

小者がすぐさま駆け戻ってくる。ずいぶん息を荒くしていた。

「そんなに急がずとも、よかったのに。しかしありがとう」

丈右衛門はねぎらった。小者が餌を与えられた犬のように小躍りする。

「御牧のご隠居の御用でしたら、あっしはいつでも大歓迎でさ」

「それで桑木さまは、なんとおっしゃったんだ」

横から門衛がいらだたしげにいう。

「ああ、すぐにお連れするようにとのことでございます」

丈右衛門は小者に先導され、門をくぐった。きれいに敷きつめられた石を踏む。

母屋（おもや）へと着き、なかにあげられた。廊下を進むと、小者が一つの部屋の襖（ふすま）をあけ、どうぞといった。

部屋は八畳間で、無人だった。文机（ふづくえ）が置かれ、そのかたわらの火鉢（ひばち）のなかで、炭が小気味いい音をさせてはぜている。

火鉢はすでに長いこと入れられている様子で、穏やかな熱が部屋に満ちていた。

いかにも寒がりの桑木さまらしいな、と丈右衛門は思った。

「こちらでしばらくお待ちください」

小者が出ようとする。その前に丈右衛門は駄賃をやった。

小者が深く辞儀し、襖を閉める。

やがて、重い足音が響いてきて、部屋の前でとまった。

「あけるぞ」

襖が横に滑り、桑木又兵衛（またべえ）が顔を見せた。

「待たせた」

「いえ、さほど待ってはおりませぬ」

丈右衛門が答えると、又兵衛が意外そうにした。

「おりませぬなどと、ずいぶんとていねいな物いいをするではないか」

丈右衛門は静かに笑った。

「こういう話し方をせぬと、うるさい輩が多いゆえ」

「たとえば誰だ」

「申せませぬ」

「そうか。しかし、小さなことにこだわる者が最近は増えてきたな」

丈右衛門は首をかしげた。

「果たして小さなことでございますかな。桑木さまは与力で、わしは元同心にすぎませぬ。そういう者同士が対等な言葉遣いで話すというのは、もしかしたら公儀の屋台骨を揺るがすもとになるかもしれませぬ」

「そんな大仰な」

「大仰でござろうか。身分と申すものは、公儀の大本といってよかろうと存ずる。それを崩す者は、やはり公儀を揺さぶりかねぬものではないでしょうか。頑丈な堤も一滴の水がしみだしたことで、一気に崩れ去るということも考えられぬではございませぬ」

「これ丈右衛門」

又兵衛があわてて、腰を浮かせた。

「滅多なことをいうではない。他の者の耳に入ったら、いったいどうする」

丈右衛門は微笑した。

「存外に桑木さまはお気が小さい」

「そんなことは、丈右衛門、よく存じておろう」

又兵衛がむくれる。このあたりの仕草はどこか子供っぽく、与力とは信じがたい。

「お互い長いつき合いなのだから、存外に、というのは当たるまい。わしは、昔から小心者だ」

「おっしゃる通りにございます」

又兵衛が目を鋭くして、にらみつけてきた。瞳に宿る光には力があり、与力らしさが強く香った。

「そう面と向かっていわれると、おもしろくないな」

「桑木さまは、なかなかにむずかしゅうございますな」

丈右衛門がいうと、又兵衛が鳩のように胸を突きだした。

「当然よ。わしは、一筋縄ではいかぬ男ゆえな」

丈右衛門は首をひねった。

「ふむ、さようにございますな。一筋縄というのは尋常の手立てということを指すそうにございますが、その伝で申せば、確かに桑木さまはこみ入っていらっしゃる方にございます」

「なんだ、こみ入っているというのは。妙に引っかかるものがあるぞ」

「おきき流しくだされ」

「丈右衛門、いい加減、その言葉遣いはやめぬか」

又兵衛がじれたようにいう。

丈右衛門は顎を引いた。

「承知つかまつりました。桑木さまがお望みとあらば、それがしに否やはございませぬ」

「丈右衛門、そのほう、まだつかっておるではないか」

丈右衛門は笑みを浮かべた。

「もうつかわぬ」

はっきりと口にした。

「それでよい。わしとおぬしは友垣ゆえな、堅苦しい言葉はいらぬ」

又兵衛が満足そうにいって、顔を寄せてきた。

「して丈右衛門、今日はなに用だ。こんなにのんびりと話をしている場合ではないのではないか」

又兵衛は用件がなにか、とうに見当がついている顔つきだ。

「三増屋のことだな」

又兵衛が鼻筋をかく。

「今朝はやく、文之介が囚人置場にやってきて、三増屋と話したそうだ。それは、もう

「存じておるな」

うむ、と丈右衛門はうなずいた。

「文之介はもう外に出ているのだな」

「勇七とともに、お春探しと嘉三郎の居どころを見つけだすことに、精だしているはずだ」

又兵衛が見つめてきた。

「丈右衛門、三増屋の用というのは、金だな」

ずばりいってくれて、丈右衛門は助かった。いくら親しい間柄とはいえ、やはり金のことを口にするのは武家としてははばかられる。

「そうだ。藤蔵には、これまでさんざん世話になってきた。こたびは、わしが恩返しする番だ。ここで助けねば、店は潰れてしまう」

「承知した。恩返しができねば、男がすたるからな。——いくら必要だ」

「商家のことゆえよくはわからぬが、三千両もあれば十分なのではないか、と思っている」

「三千両だと」

又兵衛が絶句する。口をぽかんとあけて、丈右衛門を見やる。

「多すぎるか」

我に返ったように又兵衛が咳払(せきばら)いする。

「そんなことはないが……」

「おまえさんがどのくらい貯めているのか、わしは知らぬ。夢があって貯めているのだったな。千石船を買うことときいた」

「そうだ。千石船に乗りこみ、諸国をめぐるのがわしの夢だ。これまでわしは、江戸を離れたことが一度もないからな。話にきいたことしかない名物を食し、名所を見物するんだ。もちろん、それだけではないぞ。荷を満載して、売りさばくつもりでおる」

「儲(もう)かりそうだな」

「儲かるさ」

又兵衛が自信たっぷりにいう。目が恋を語る若者のように輝いている。

「おぬしも一口乗るか」

「乗せてもらいたいところだが……」

丈右衛門は言葉を濁し、深く頭を下げた。

「こたびの一件で、おまえさんの夢を取りあげてしまうことに、なるやもしれぬ」

「かまわぬよ」

姿勢を正した又兵衛があっさりといった。丈右衛門は、又兵衛の口調に断固たるものを感じた。

「丈右衛門、そんな不思議そうな顔をするんじゃない」

「いや、しかし……」

「いいんだ」

又兵衛がきっぱりと告げる。

「わしはな、おぬしの役に立てれば、それでいいんだ。それ以上の喜びはない」

それをきいて丈右衛門は目頭が熱くなり、胸がつまった。

「わしはおまえさんと知り合い、長いつき合いができたことを、天に感謝しておる。

――桑木さま、恩に着る」

又兵衛が穏やかに笑っている。

「丈右衛門、感極まった顔だな。文之介は泣き虫だが、おぬしの泣き顔など、見た者はほとんどおらぬだろう。珍しいものを見せてもらえるのかな」

「冗談ではない」

丈右衛門はいいきり、又兵衛をみつめた。

「おまえさんこそ、今にも泣きだしそうではないか」

「そんなことはない」

「だったら、その赤い目はなんだ」

「赤くはない」

又兵衛がいい張る。

「赤いさ。しかし桑木さま、わしはうれしいよ」

丈右衛門はしみじみといった。

「自分のことで泣いてくれる者こそ、本物の友垣だからな」

三

寂しげだったなあ。

歩きながら、文之介は思った。

牢に消えていった藤蔵のうしろ姿が、今も脳裏に強く残っている。

「すまねえ」

文之介は声にだして謝った。

「旦那(だんな)、どうかしたんですかい」

うしろから中間(ちゅうげん)の勇七がきいてきた。

文之介は振り返った。

「旦那、目が赤くなってますよ。泣いているんですかい」

「泣いてなんかいねえ。ごみが目に入っただけだ」

「さいですかい」

勇七が気遣う顔をしている。

「旦那、考えていたのは、三増屋さんのことですかい」

「勇七、わかるか」

「わかりますよ。いったい、いつからのつき合いだと思っているんですかい」

「そうだよなあ」

文之介は空を見あげた。

風がやや強く、日陰に入ると肌寒いが、空は晴れ渡り、秋らしくどこまでも澄んでいる。日なたにいる限り、冬間近を感じさせないぽかぽかとした陽射しは、体をじんわりとあたためてくれる。南のほうにちぎれたようないくつかの小さな雲がかたまっているが、あの雲の群れは上空にやってこないだろう。やってきたとしても、日の光がさえぎられるようなことは、まずあるまい。

勇七と知り合って、と文之介は思った。何度目の秋空だろう。

「二十回目くらいだろうなあ」

「えっ、なにがですかい」

文之介は眼差しを転じた。

「勇七なら当てられるんじゃねえか」

勇七がにやりと笑う。

「あっしへの挑戦ですね」

「そんな大袈裟なものじゃねえよ」

「きっと当ててみせますからね」

勇七が前を見据え、考えはじめる。

「旦那は今、空を見ていましたよね」

「まあな」

勇七が腕組みし、眉根を寄せた。そうすると、苦み走った顔になる。

やっぱり勇七はかっこいいなあ、と文之介は思った。この顔に弥生ちゃんは、一目惚れしたんだよなあ。

弥生というのは、勇七の妻である。二人はつい最近、祝言をあげたばかりだ。

弥生は三月庵という手習所を営んでいるが、町奉行所の中間長屋を出た勇七は、そこで暮らしている。

もっとも、勇七は最初から弥生のことが好きだったわけではない。お克という呉服屋の大店の娘を慕っていたのだ。

そのお克が他の商家の若旦那のもとに嫁いだとき、勇七は荒れた。一時、仕事を放りだして失踪したほどだ。

勇七が弥生と一緒になるきっかけは、嘉三郎だった。

嘉三郎の罠(わな)にかかり、文之介と丈右衛門は危うく焼き殺されそうになったのだが、そのとき助けてくれたのが勇七だった。文之介たちを救った代償として、勇七はひどいやけどを負うことになったが、その勇七を手厚く看護したのが弥生だったのだ。

勇七が全快したあと、二人はめでたく夫婦になったのである。

今、勇七の顔色はいい。お春や藤蔵のことは心配でならないのだろうが、夫婦仲がうまくいっているなによりの証だろう。

「わかりましたよ」

不意に勇七が声をあげた。

「ほう、いってみな」

文之介はうながした。

「旦那が空を見ていたっていうのと、あっしらの長いつき合いってことから、答えはたやすく導きだせましたよ」

どうやら正しい答えをきけそうだな、と文之介は思った。

「うんちのことですよね」

「はあ。いってえなんのことだ」

文之介は問い返した。

「あれ、ちがうんですかい」

「ちがうに決まっているだろう」

「おっかしいなあ」

勇七がまじめに考えこむ。

「旦那、子供の頃、空に浮かぶ雲を見ては、あの雲に乗っていったらどこに連れていってくれるんだろうって、ずっと見とれていましたよね。それで、うんちをするのを忘れ、よく漏らしてましたよね。その回数が、かれこれ二十回くらいになるんじゃないんですかい」

「ばっ、馬鹿」

文之介は赤面した。

「勇七、てめえ、そんなこと、大声でいうんじゃねえ」

道行く人が、くすくす笑いながら文之介を見ている。

「だいいち、俺はそんなに漏らしちゃいねえぞ」

勇七がかぶりを振る。

「漏らしてますよ。もしかしたら、二十回じゃあ、とどまらないかもしれませんよ。きっと、三十回近くまでいっているんじゃありませんかねえ」

「馬鹿をいえ。俺は確かに尻癖(しりぐせ)が悪いが、そこまでひどくねえよ」

「そうですかねえ」

勇七は疑いを抱いている顔だ。

「だって、一日に二度、漏らしたこともあったじゃないですか」

「勇七、声がでっけえんだ。もちっと小さくしろ」

「わかりましたよ。でも旦那、一日に二度、漏らしたのは認めるんですね」

勇七がささやくようにきいてきた。

「ああ」

文之介は不承不承、答えた。

「あれは、確か向島のほうに行ったときでしたねえ」

勇七は懐かしむ口調だ。

文之介もよく覚えている。あのときはお春も一緒だった。好きな女の子の前で、醜態をさらした。死にたい気分になったものだが、お春は意外にやさしかった。

「あの日、俺は腹具合が悪かったんだ。漏らしたのはそのせいだ」

「旦那、なにを食べたんですかい」

「そんなの、覚えているわけ、ねえだろうが。何年前の話だ」

「ほんの十三年前の話ですよ」

「十三年前なら、ほんの、とはいわねえだろう」

「そうですかねえ。でもそうすると、あのときは雲に見とれていたわけじゃあ、ないんですね」

「そういうこった。ただ、腹の調子がよくなかっただけの話だ」

文之介としては、はやくこの話を打ち切りたい。勇七にあのことだけは、思いだされたくない。

いや、この野郎、と文之介は勇七を見つめて思った。案外、根性が曲がっていやがるからな、もうとっくに思いだしてやがるかもしれねえ。

「あのとき、お春ちゃん、やさしかったですねえ」

「ああ」

「旦那、愛想尽かしをされるって、思ったんじゃないですかい」

「まあな」

「あのとき、旦那とあっしは、同じくらいの年頃の子を救いましたよねえ」

そら、きやがった。

文之介は勇七をにらみつけた。

勇七は素知らぬ顔だ。

「旦那、覚えてないんですかい」

「覚えてるさ。なにしろ俺は、あのあと漏らしちまったんだから」

「ああ、そうでしたねえ。あれはなんという川だったんですかねえ。幅は二間ほどでしたけれど、けっこう深かったですね。じき夏という頃でしたけれど、川に飛びこんで、旦那は腹を冷やしちまったんですよね。もともと腹具合が悪かったから、あのことがうんちのお漏らしの決め手になっちまったんですよね」

お漏らしという言葉はどうにも気に入らなかったが、文之介はうなずいた。うなずくしかなかった。

「そうだ」

川遊びをしていて溺れた子供を救ったからこそ、お春はむしろ甲斐甲斐しく文之介の世話を焼いてくれたのだ。汚れた下帯を川で洗ってもくれた。

「旦那、二度目はどうしてお漏らししたんでしたっけ」

「勇七、てめえ、お漏らし、お漏らしってうるせえんだよ。はなから覚えているんだろうが」

文之介は怒鳴るようにいった。

「あれ、わかってましたか」

「当たりめえだ。とぼけやがって。いってえ、いつからのつき合いだと思ってやがんだ」

勇七が鬢をかく。

「あのとき旦那は、ひどく驚いたから漏らしたんですかい。それとも、怖かったんですかい」

「両方だ」

文之介は勇七を見つめた。

「おめえだって、そうだったんじゃなかったのか」

「そうでしたねえ。最初に驚きがきて、次に恐ろしくてたまらなくなりましたよ」

勇七は、思い起こしたという表情をしている。

「なにしろ、でっかい犬でしたからねえ。熊みたいでしたよ」

向島からの帰り道、いきなり一匹の巨大な犬が立ちふさがったのだ。一頭と呼びたいくらいの体つきをしていた。

今、振り返れば、さほどの大きさではなかったかもしれないが、子供の目にはそういう風に映ったのである。

犬は獰猛(どうもう)そうな牙(きば)をあらわに、文之介たちのほうへいきなり走り寄ってきた。お春が甲高(かんだか)い悲鳴をあげた。文之介も声をだしたかったが、なんとか抑え、お春を先に逃がした。

勇七は踏みとどまろうとしていた。文之介は勇七と呼びかけ、背中を叩いて一緒に駆けだした。

三人は必死に逃げたが、犬のほうが足ははやく、追いつかれそうになった。

文之介は恐ろしさを噛み殺すようにして、身をひるがえした。それを見た勇七も、文之介にならった。

お春が立ちどまろうとしたのを気配で覚り、文之介は怒鳴った。

「お春、逃げろ」

そのとき、お春が本当に逃げたかどうかは定かではない。覆いかぶさってくるような影に、文之介は目を奪われていたからだ。

いや、実際にはあまりの怖さに目を閉じていた。それは勇七も同じだったはずだ。

文之介は観念していた。どうあらがってみたところで、こんなに大きな犬に勝てるわけがない。腰に脇差を帯びていたが、それすらも忘れていた。

喉笛を食いちぎられ、はらわたをえぐりだされる。

死を覚悟して立ち尽くした文之介は、次の瞬間、頬に生あたたかいものを感じた。粘りつくようなものが、何度も何度も顔を上下する。

おそるおそる目をあけてみると、毛むくじゃらの顔が目の前にあった。

「……なめていやがる」

文之介は呆然としてつぶやいた。

犬は襲いかかってきたわけではない。じゃれかかってきたにすぎない。

文之介は、へたりこみそうになるほど安堵した。

そのとき脱糞していたことに気づいた。一度目よりも少なかったが、かなりの量が尻から出て下帯を汚していた。

お春を守った。少なくとも、守ろうとはした。

そのことをお春は認めて、落ちこむ文之介を慰めてくれたのだ。

「気にすることはないわ。あたしはとてもうれしかった」

そして、近くの小川でまた下帯を洗ってくれた。

それでも、文之介は死にたい気分だった。

勇七も文之介の気を奮い立たせるような言葉をいってくれた。

「神君家康公も、負け戦の折、同じことをしたってきいたことがある。だから、文ちゃんは神君並みの男ってことさ」

あのとき勇七が涙を浮かべていたのを、文之介は思い起こした。恥をかいた俺のために泣いてくれたんだよなあ。勇七はやっぱり俺にとって、一番大事な友なんだよなあ。

それにしても、と文之介は思った。幼い頃、勇七は俺のことを文ちゃんって呼んでたんだよなあ。

懐かしく思いだされる。

それが今は――。

ねえ旦那、と勇七がいった。

「旦那はあんなに気恥ずかしい思いをしたのに、あれからまた何度もうんちのお漏らしをしたんですよねえ」

「ああ、そうだ」

文之介の目は、なんとなく下を向いた。

「でも勇七、仕方ねえよ。俺の尻癖の悪さはなかなか直らなかったんだから」

「今はどうなんですかい。まだ漏らすことがあるんですかい」

あるわけねえだろうが、といおうとして文之介はとどまった。

「まさか旦那――」

勇七が啞然とする。

「ば、馬鹿、あるわけねえだろうが」

文之介は唾を飛ばしていった。

「だったらどうして、ないってすぐにいえなかったんですかい」

「思いだそうとしていたんだ。本当になかったかどうか」

「それで、どうだったんですかい」

「ちょっと危ないことが一度だけあった。そいつはぎりぎり間に合った」

そのときのことが脳裏をよぎり、文之介はあれは危うかったなあ、と思った。非番の日に子供たちと遊んだ帰り道、いきなり腹具合が悪くなり、かろうじて辻の厠に駆けこんだのだ。

「間に合って、本当によかったですねえ」

勇七は心の底から安堵しているようだ。

「でも旦那、決して気をゆるめねえでくださいよ。いつまた同じことが起きるか、わからないですからね」

勇七はあくまでも真剣な顔をしている。

「ああ、わかったよ」

文之介ははっきりと答えた。

「それで旦那、二十回目というのはなんだったんですかい」

文之介は、えっと声を発した。

「まだいってなかったか」

すぐさま勇七に説明する。

「ああ、そういうことだったんですかい」

勇七が納得した顔を見せる。

「あっしらのつき合いはもう、二十年ばかりになるってことを、旦那はいいたかったんですかい」

だ」

「それを勇七、おまえがお漏らし、お漏らしなんていうから、妙な話になっちまったん

文之介は憮然とした面持ちでいった。

「そうさ」

「そいつはすみませんでした。旦那の気持ちを踏みにじるようなことをいっちまって」

勇七が腰を低くする。

「気にするなよ」

文之介は勇七の肩を強く叩いた。顔をしかめかけたが、勇七が我慢する。

「そのくらいで踏みにじられるような、細い神経じゃあねえよ」

勇七が白い歯を見せる。

「本当ですよねえ」

笑みを消し、まじめな表情に戻った。

「それで旦那、これからどうするんですかい」

「知れたことよ。嘉三郎を探しだし、とらえる」

「お春ちゃんのほうは、いいんですかい」

文之介はかたく腕組みをした。

「いいってことはねえさ」

　むずかしい顔つきになった。

「あの馬鹿娘のことは、気になって仕方がねえ。お春が嘉三郎のことを探しだそうとしているのは、勇七もわかっているだろう」

「ええ」

「だから、俺たちが先んじちまえばいいんだ。それでお春は、帰ってくるしかねえ」

「なるほど」

　勇七が感心する。

「さすが旦那ですねえ。あっしとは考えることがちがいますよ。それに——」

　勇七がわずかに間をおく。

「嘉三郎さえとらえちまえば、三増屋さんも外に出られますものね」

「そういうこった」

　文之介は勇七の肩を再び叩いた。さっきより軽くしたので、勇七が顔をしかめることはなかった。

「さすがに勇七だな、よくわかっているじゃねえか」

　勇七がうれしそうにする。

「長いつき合いですからね」

　まわりをはばかるように、小さな声で続ける。

「それで、嘉三郎のどこから調べていこうと思っているんですかい」

「父上とも相談したんだが」

文之介は、味噌の筋を手繰ってゆくことを伝えた。

「わかりました」

勇七が首を大きく上下させる。

「じゃあ、まずは味噌を扱っている店を当たることになりますかい」

「江戸にいくつその手の店があるのか知らねえが、片っ端から虱潰しにしてゆくしかあるめえよ。嘉三郎の野郎が手に入れた以上、どこかで扱っているのは、まちがいねえんだ」

二人は今、本所に来ている。嘉三郎の育った家が本所猿江町にあり、また肝神丸を買った薬種屋もこちらにあって、嘉三郎の隠れ家は川向こうにあると踏んだからだ。

永代橋を渡って足を踏み入れた町は、深川佐賀町だ。

味噌を扱う店がどのくらいあるか、きくために自身番にまず入る。

「ああ、これは御牧の旦那、お疲れさまにございます」

町役人が深々と辞儀する。

さっそく味噌のことをきこうとして、背後にあわただしい足音がきこえた。文之介は振り返った。

見覚えのある若者が、自身番に走り寄ってきたところだった。町奉行所で小者をつとめる男だ。

「どうした」

男の顔にただならなさを感じ取った文之介は、すぐさま声をかけた。

「ああ、御牧さま」

男がほっとした顔になって、足をとめた。文之介は水をもらってやった。

自身番の土間に立って、男が一気に飲み干した。荒い息づかいもおさまりつつある。

「大丈夫か」

文之介はただした。

「はい、ありがとうございます。大丈夫でございます」

椀を町役人に返した。

「なにかあったのか」

はい、といって小者が話す。

「まことか」

それをきいて文之介は色めき立った。

「はい、まちがいございません。お克さんという女性自ら、御番所にまいったそうですから」

四

お克の亭主は才右衛門(さいえもん)という。

才右衛門は呉服屋の大店、宗像屋(むなかたや)の若きあるじだ。

文之介にとって意外だったが、宗像屋という名をきいたのは、今日がはじめてだった。

お克にぞっこんだった勇七はむろん知っていただろうが、文之介に教えるようなことはなかった。

小者の案内でやってきたのは、木挽町(こびきちょう)一丁目である。昨夜、宗像屋の三軒隣の商家が火事に遭(あ)ったようで、いまだに焼け残った柱から、白い煙が立ちのぼっている。

不幸中の幸いというべきか、延焼はなかったようで、他の家に被害は出ていないように見えた。

宗像屋の建物はさすがに大きかった。

文之介は見あげた。自然に胸を張るような格好になる。

お克の実家も大きな構えを誇っていたが、それ以上だ。間口(まぐち)は、優に三十間はあるのではないか。

「すごいですねえ」

勇七も感嘆の思いを隠せない。

文之介は勇七に目を当てた。

「なんだ、勇七、おめえ、はじめてなのか」

「当たり前ですよ。いくらあっしでも、来たことはありませんよ」

「そうだったか」

さすがに、お克につきまとうような真似はしなかったのだ。

だが、宗像屋には看板がない。呉服屋なら、どの店も競うように大きな看板を掲げているが、見当たらないのだ。

「ここが本当にそうなのか」

文之介は小者に確かめた。

「ええ、まちがいございませんよ」

「ふーん、そうか。看板がないなんて、妙な感じだな」

「旦那、のんびりとそんなこと、いっている場合じゃありませんよ」

「ああ、そうだった」

文之介は小者に駄賃をやった。

「気をつけて帰んな」

ありがとうございます。小者は礼をいって、来たときと同じように小走りに道を去っていった。

「あれ、入口はどこかな」

ふつう大きな呉服屋というと、間口のほとんどに暖簾（のれん）がかかり、入口になっているが、この店はそうではない。

「ああ、あそこのようですよ」

勇七が右側を指す。

「ほんとだ」

そこに煮売り（にう）酒屋とさして変わらない大きさの暖簾がかかっている。

どうも勝手がちがうな。

文之介は歩み寄り、暖簾を払った。うしろに勇七が続く。

大広間になっていた。百畳はあると思える広さに、多くの客の姿があった。

ただ、びっくりするほどたくさん入っているわけではない。むしろ、文之介が予期していたよりずっと少ない。客の数だけでいえば、他の店のほうが多いくらいではないだろうか。

「旦那、ほかの店とはなにか様子が異なりますねえ」

勇七がささやきかけてきた。

「ああ」

文之介は言葉少なに答えた。

ほかの店とはまったくちがうと思わせるものは、店内の静謐さだろう。戦のような騒ぎに満ちている店が少なくないなか、ここは武家地に身を置いたかのように静かなのだ。

客は女がほとんどだが、いずれも上質な着物を身につけ、穏やかな表情で店の者と話をしている。

そのゆったりとした仕草や物腰から、富裕な者であるのはまちがいない。もしかしたら、これまで文之介が会ったことのないような金持ちなのかもしれない。

他の店とは明らかに一線を画している雰囲気が店内に色濃く漂っているが、客たちにはこの店に足を踏み入れるにふさわしい地位や立場など、すべてがそろっているように感じられる。

宗像屋自体、派手な宣伝をしている店ではないのではないか。今、ここにいる客たちはきっと独自の網を持っており、そういう網のなかで口から口へと伝えられる形で、こういう店があることを知るのだろう。

決して入りづらい店ではないが、金をあまり持っていない者を及び腰にさせるような空気があるのは確かだ。

「いらっしゃいませ」

手代らしい男が寄ってきた。きびきびとした動きをしており、しつけが行き届いているのがよくわかる。

才右衛門という男は、と文之介は思った。相当のやり手みてえだな。

「御牧さまでございますね」

文之介が名乗る前に手代はいった。

「ご新造から、お話は承っております。こちらにどうぞ、いらしてください」

手代の案内で文之介と勇七はあがった。客をはばかって広間の端を歩かされるのかと思ったら、堂々と真んなかを通されて奥に導き入れられた。

へえ、やるじゃねえか。

文之介は感心した。

端を歩かせたところで、町方がやってきたことはどうせ客に見られる。それなら、こそこそせず、包み隠さずにいるほうが、客が妙な思いを抱くことはないという考えからではないだろうか。

才右衛門という男は、腹も据わっているようだぜ。

どうやら勇七も同じことを考えているのが知れた。このあたりは、長いつき合いだからこそ、なせる業だ。

奥の座敷に招き入れられた。十畳間で、ずいぶん天井が高い。床の間も、文之介がこれまで見たことがないような立派さだ。

なにがちがうのかよくわからないが、つかわれている木材の質が、自分の屋敷のものとはまったく異なるようだ。

山奥の風景を描いた墨絵の掛軸も、吸いこまれるような迫力ある筆致で、きっと名のある絵師の作にちがいない。

高(たけ)えんだろうなあ。

だされた茶を喫しつつ、文之介がそんなことを思ったとき、廊下を急いで渡る、どすどすという足音がきこえてきた。

これは、と文之介は思った。さんざんきき覚えのある足音だ。

「失礼いたします」

襖がそっと引かれ、お克が顔をのぞかせた。人の妻らしく眉を落としている。

嫁いだときと同じくやせたままで、美しい顔立ちは、むしろ磨きがかかったのではないかと思わせる。

「お待たせいたしまして、まことに申しわけないことでございます」

お克が文之介の前に膝行(しっこう)する。文之介の背後に控えている勇七に、目礼を送った。

「お春がいたっていうのは、まちがいないんだな」

会うのは久しぶりだったが、挨拶もそこそこに文之介は本題に入った。

「はい、まことにございます。今朝までここにいらっしゃいました。朝餉を用意いたしまして、私が呼びに行ったときには、部屋にいらっしゃいませんでした」

そうか、と文之介はいった。

「どういう事情でお春がここにやってきたのか、話してくれるか」

はい、とお克がうなずく。

「昨日、私は主人と一緒に富岡八幡宮に行ったのです。その帰り、数名のならず者に絡まれている若い娘さんがいました。すぐにお春さんだとわかった私は、主人にその旨を伝えました。主人はならず者を相手に穏やかに話をつけてくれました」

つまり、金をつかったってことなんだろうな。でも、地のやくざ者を相手に話をつけることができるなんざ、腹が据わっているだけでなく、きっと慣れてもいるんだろうな。

これだけの店を構えていれば、やくざ者がうようよやってきてもおかしくない。そういう者たちを体よく追い払うすべにも長けているにちがいない。

「お春さんは疲れ切っているように見えました。ほとんど眠っていないように。それで、遠慮するお春さんを無理に私がここまで連れてきました」

「昨夜は、ではここに泊まったのか」

「はい」

お克が形のよい顎を引く。

「三増屋さんのことは、私も存じています。それなのに、どうして文之介さまのもとに知らせなかったのかと申しますと、昨夜、近所で火事があったからにございます」

文之介は、三軒隣の商家のことを思いだした。

「そのようだな。一軒だけ燃えたようだが、お克、さぞたいへんだったろう」

「五つ前というかなりはやい刻限に火が出まして、少し風があったこともあり、この店も戦場(いくさば)のような騒ぎになりました」

文之介はお克をやさしく見つめた。

「ろくに寝ていねえんじゃねえのか」

お克が肌に張りがないのを見抜かれたとでも思ったか、うつむいた。

「はい、実を申せば」

「でもお克、よく知らせてくれたな。ありがとう」

お克が目をあげる。申しわけなさが顔に刻みこまれている。

「私がのんびりとなどせず、もっとはやく文之介さまのもとに知らせていたら、文之介さまは今頃、お春さんをその手に抱きとめられていたはずですのに」

「お克、いいんだ」

「でも――」

「お克は、お春がうちの屋敷から出奔したことを知らなかった。ただそれだけのことだ。

知っていたら、すぐに知らせてくれていたはずだ。自分を責めることはねえ」

文之介は頭を下げた。

「お克、ありがとう」

「文之介さま、なにをおっしゃるのです」

お克が驚いて、文之介の肩に手を置こうとする。背後で、勇七もびっくりした様子だ。

文之介は上体を起こした。

「お春を助けてくれたことだ。あの娘は今、嘉三郎という男を追っているんだ。嘉三郎は闇の世に生きているような男だ。おそらく、お春はやくざ者に話をきこうとしたんだろうよ」

文之介は内心、苦々しく思った。なんて危ねえ真似をしやがるんだ。

「そんなので嘉三郎が見つかるわけがないのはお春もわかっていたんだろうが、藁にもすがるって思いだったんだろうな」

「そういうことだったのですか」

お克が畳を見つめ、そっと口にする。

「お春さんから、もっとしっかり話をきいておけばよかった」

「でもお克」

文之介は感謝の眼差しを向けた。

「おまえのおかげで、少なくともお春が無事であるのがわかった。それだけでも、俺はうれしいよ」

「さようでございますか」

お克が愁眉(しゅうび)をひらく。

「もし少しでも文之介さまのお心を安んじられることができたのなら、私もうれしく存じます」

五

「いい男だなあ」

歩を進めつつ、丈右衛門は独りごちた。

「あんなふうに、ぽんとだしてくれるなど、そうそうできることではない。しかも三千両だぞ」

ぶつぶつと独り言をいっている丈右衛門を、行きかう人たちが物珍しそうに見つめてゆく。なかには、おかしそうにくすくすと笑いを漏らす者もいた。

丈右衛門は気にならなかった。笑いたい者には笑わせておけばよい。

桑木又兵衛。この男と知り合えて、心からよかったと思っている。一緒に仕事ができたことも誇りだ。

「いつかわしがこの恩を返さねばな」

どんな形で返すことになるのか。今はまったくわからないが、まずすべきことは、三千両の金を無駄にすることなく、又兵衛に返却するということだろう。

又兵衛自身、もし千石船の夢が潰えても丈右衛門のために役立てばいい、といってくれたが、ずっとうつつのものにしたいと願い続けてきたことを壊してしまうのは、なんとしても避けたい。

嘉三郎をとらえ、藤蔵を牢からだす。三千両は三増屋が再びよみがえるために必要な金となろう。

藤蔵なら使い方を心得ているから、無駄金には決してなるまい。

だからわしがすべきことは、と丈右衛門は思った。嘉三郎をとらえること、ただそれだけだ。

嘉三郎をこの手でとらえるためには、なにをすればよいか。

味噌の筋は文之介と勇七にまかせてある。わしが調べねばならぬことは、やはり肝神丸のことだろう。

丈右衛門は吾妻橋を渡った。道は中之郷竹町に入った。東へと歩き続けると、町は本所松倉町へと変わった。

「ここだったな」

丈右衛門が足をとめたのは、一軒の薬種屋の前だ。

頭上に掲げられた扁額（へんがく）には、『広鎌屋』とある。建物の横に張りだしている看板には、薬種と大きく記されていた。

風はなく、暖簾は垂れているものの、ぴんとした緊張が感じられた。

このあたりは、店主の気持ちがあらわれているのではないか。

広鎌屋というのは、店主の祖父が生まれた村の名だという。村は備後国（びんごのくに）にあるとのことだった。

「ごめんよ」

丈右衛門は暖簾を払い、土間に足を踏み入れた。

「いらっしゃいませ」

明るくて澄んだ声が、すんなりと耳に飛びこんできた。

見ると、一段あがったせまい間に店囲いが置かれ、そこに一人の女性が座っていた。

甘さのある薬のにおいが充満する店は薄暗いが、女性は店に入ってきたのが誰か、即座に見て取ったようだ。

「あなたさまは——」

うれしそうにいって店囲いを出、土間に降りてきた。

「前に、人を探しにいらっしゃったお方ですね」

丈右衛門はにこりとした。

「よく覚えていてくれたな。わしもおまえさんのことは覚えているぞ。ひろ江どのだ」

「はい、ご名答にございます。ありがとうございます」

ひろ江が笑顔で腰を折る。

「この前、あなたさまのお名はおききしませんでしたけれど、私は人さまのお顔を覚えるのがたいそう得意なんです。でも、お侍のお顔はそうでなくとも、きっと覚えていたと思います」

「ほう、どうしてかな」

「実は、亡くなった祖父に感じが似ていらっしゃるものですから」

そういうことか、と丈右衛門は思った。ほっとした気分がある。

「そいつはうれしいな。おじいさんというと、備後国から出てきて、この店をひらいたのだろう」

「はい」

「どういうおじいさんだったのかな」

「とてもやさしくて、いつも笑みをたたえている人でした。人の気持ちをいつも考えている、とてもあたたかな人で、私も祖父みたいになりたいなあと子供の頃から思っていました」

「そうか、そんなにいい人と感じが似ているといわれて、わしとしても光栄だな」

「いえ、お武家に失礼なことを申しあげました」

「謝らずともいい。光栄だと申しているのだから」

「はい、ありがとうございます」

「ああ、そうだ。この際、名乗っておいたほうがよかろうな」

丈右衛門は自分の名を口にした。

「御牧さま……」

ひろ江が丈右衛門を見つめる。

「この前の探し人は、見つかったのでございますか。確か、嘉三郎という極悪人とのことでしたが。——いえ、御牧さまがお話しできないのであれば、けっこうでございます」

丈右衛門は微笑した。

「別にいいにくいことではないよ。やつはまだ見つかっておらぬ」

「さようでございますか」

ひろ江が残念そうな顔をした。

「うむ。それで、またおまえさんに力を貸してもらおうと思って、やってきたんだ。どうだろうか」

「はい、もちろんでございます」

ひろ江は大きくうなずいてくれた。

「私の力添えで極悪人をつかまえることができるのであれば、これ以上のことはございません」

「ありがたし」

丈右衛門は笑みとともにいった。

「ああ、そうだ。その前にききたいことがあるが、よいかな」

「はい、なんなりと」

「おまえさんは江戸の生まれだろうから、知らぬかもしれぬのだが、広鎌村という名の由来だ」

これは探索とはまったく関係がないことだが、丈右衛門はただ純粋に興味から知りたかった。

「それでしたら、祖父からきいています。私も変わった村の名だなあ、と幼い頃から思っていましたから」

ひろ江が唇にわずかに湿りをくれ、語りだした。

「広鎌村は、備後国の山深い里だそうです。それでも戸数は多く、優に五十戸を数えるのだそうです。米はほとんどとれず、蕎麦(そば)や粟(あわ)、稗(ひえ)などが主に収穫されるのだそうですが、山の実りがとにかく豊かなことに加え、雪もさほど降らず、ひじょうに暮らしやすいのだと祖父は常々いっておりました」

ひろ江がいったん間を置いた。

「村の名の由来となっているのは、幅広の鎌なのだそうです。これは、村の鎮守(ちんじゅ)さまにまつられているとききました」

「ほう、幅広の鎌がな。どのくらいの幅があるのだろう。ふつう鎌の刃の幅というと、せいぜい一寸くらいだろう」

「はい、三寸ばかりあるようです。それだけでなく、柄(え)がとても長く、三尺はあるのだとか」

「そいつは本当に大きいな。誰の持ち物だったのだろう」

ひろ江がにこりと笑う。小さなえくぼが顎の近くにできて、かわいらしい。

「鬼だそうです」

はるか遠い昔、毎年秋になると、村には鬼があらわれ、娘を差しだすように要求してきたのだという。それに応じないと、大鎌を振るって村人を殺したのだそうだ。

「鬼といえば金棒ですけれど、広鎌村ではどういうわけか鎌になっています」

鬼を退治するために村の若者や、旅の侍が山奥に出かけていったものの、帰ってくる者は一人もいなかった。

「お侍のなかには、お金だけもらって逃げてしまったお方も、いらっしゃったようです」

ひろ江がいいにくそうに口にした。さもありなんと丈右衛門は思った。

ある日、村を若い侍が訪れた。長身で涼やかな顔をしていた。体から、やや甘さを感じさせるにおいを発していた。

村人から鬼の話をきいて、自分が退治してみせようと自信たっぷりにいったが、村人はまた金を持ち逃げされるのを疑った。

すると、若い侍は金はいらぬといい、鬼を退治した暁には、村の娘を妻にしたいと申し出た。侍にはすでに一目惚れした娘がおり、その娘が次の秋、鬼に差しだされることになっていた。

村人たちに否やはなかった。

侍は村人に、鬼の好物がなんであるか、きいた。鬼は、鹿の肉に酒がとにかく好きだった。侍は村人に、鬼が満足するだけの量を用意するように頼んだ。

用意ができると、侍は酒樽(さかだる)と鹿肉を包んだものを担ぎ、山に入っていった。得物(えもの)は腰に帯びる一本の太刀だけ。

侍を見送った村人たちは、あのお方は鬼を酔い潰してなんとかしようとしているのだろう、と考えた。だがそれは、ほかの侍もつかった手だった。鬼はとにかく酒には強く、酔い潰れはしないのだ。

今度もどうせまた無理だろうと誰もが考えたが、翌々日、侍は意気揚々と帰ってきた。鬼が常に持っていた大鎌を手にしていた。

この若い侍が鬼を退治したのは明らかだった。

いったいどうやったのか、村の誰もが知りたがった。

これだよ、といって侍が懐から取りだしたのは、麻袋だった。麻袋からは、甘いにおいがしていた。侍が発していたにおいのもとであるのを誰も解した。

くだし薬が入っており、これを用いたのだと侍はいった。においをごまかすためにこの薬を酒に混ぜ、鹿肉とともに鬼が出てきそうな場所に置いたのだ。

酒と鹿肉のにおいにつられて出てきた鬼は酒をがぶ飲みし、鹿肉をむさぼり食った。

やがて薬が効いて腹がゆるくなり、鬼は草むらにしゃがみこんだ。

そこを侍は討ち取ったのだという。その後、侍は村の鎮守に鎌を奉納し、村の娘を妻にして、末永く幸せに暮らしたとのことだ。

「そのくだし薬は、鬼転丸（きてんがん）と名づけられたそうです」

「鬼転丸は、こちらにもあるのか」

丈右衛門はひろ江にたずねた。

「はい、ございます。なにしろ、私どもの先祖は鬼転丸をもとに、この商売をはじめたそうにございますから」

ひろ江の祖父は薬種問屋の四男で、村にいては先が望めないということで、鬼転丸とともに江戸に出てきたそうだ。

「なかなかおもしろい話だな」

「昔語りには鬼というのはよくありますし、私は、鬼転丸の宣伝のためにこういう話ができたのではないか、と考えています」

かもしれぬな、と丈右衛門は思った。それでも、広鎌村の由来がわかったことに、満足した。

「ああ、そうだ。忘れていた」

丈右衛門は懐に手を突っこんだ。手は、一冊の書物をつかんでいる。

「こいつだ。こいつをおまえさんにやりたかった」

そういって、ひろ江に手渡した。

ひろ江が興味深げに書物に目をやる。灯りがともったように瞳を光らせた。笑顔を弾けさせる。

「『蘭剤妙薬』ではないですか。手に入れられたのでございますか」

「うん、この前、おまえさん、なかなか手に入らない書物だと申していたな。それが、嘉三郎を探して入った書物問屋にたまたまあった」

「お貸しくださるのですか」

いや、と丈右衛門はいった。

「あげるのさ」

ひろ江が激しくかぶりを振る。

「そうはまいりません。この本がどれだけ高価か、よくわかっていますから」

「しかし侍たる者、一度やるといった本を、はい、そうですか、と受け取るわけにはまいらぬ」

「でしたら、お金を払わせていただきます。買い取りという形なら、よろしいのではございませんか」

「金はいらぬ。わしは、やるといったのだから。二言は申せぬ」

丈右衛門にいいきられて、ひろ江がどうしていいかわからないという顔になる。

「いや、おまえさんを困らせようと思ってしたことではない。――そうさな、だったらこれでどうだろう」

丈右衛門は一つ提案をした。

「わしのせがれが、嘉三郎が味噌にまぜた肝神丸にやられ、倒れたんだ」

「ええっ」

ひろ江が形のよい目をみはる。

「ご容態は」

「すっかり毒は抜け、よくなっている」

「それはようございました」

「しかし、わしから見たら、まだ本調子とはいえぬ。それでおまえさんに相談なんだが、肝神丸にやられた体を立て直すのに、格好の薬を処方してもらえぬか」

ひろ江が顔を輝かせる。

「お安い御用でございます。いい薬がございます」

安堵したようにいった。

「なんという薬かな」

ひろ江が『蘭剤妙薬』を繰る。

「ありました。これにございます」

「どれどれ」

丈右衛門は、ひろ江が指し示しているところを見た。

ふと、いいにおいが鼻先をかすめていった。意外にひろ江の顔や体が近いところにあるのだ。懐に匂い袋でも忍ばせているのかもしれない。

丈右衛門はひろ江からやや距離を置き、あらためて『蘭剤妙薬』を見つめた。

「胆興丸か。『蘭剤妙薬』に載っているということは、これも阿蘭陀渡りなのではないか。高価なのであろう」

「はい、高価は高価にございますが、富山のほうでまったく同じ薬がつくられております。そちらはだいぶ安価になっていますから、ご安心くださってけっこうでございます」

「ほう、そうなのか」

「少々お待ちください」

ひろ江が土間から上にあがり、おびただしい種類の薬が入っている棚を探しはじめた。すぐに見つかったようで、丈右衛門のもとに戻ってきた。

「こちらでございます」

小さな紙袋を渡してきた。

「十日分ございます。でも、御牧さまのご子息ならお若いでしょうから、十日ものむ必要はないかもしれません。体の治ろうとする力のほうが、きっとお強いでしょうから。薬というものはすべからく、治癒する力の手助けにすぎません」

そういう話はよくきく。体に病にあらがう力がない限り、どんな妙薬でも効果はないという。

嘉三郎が母親にのませた肝神丸も、きっと同じだったのではないか。

「ありがとう、さっそくせがれにのませよう」

「御牧さま、のませるのではなく、自ら進んでおのみになるように、ご子息におっしゃってください。そうすれば、薬の効きはまったくちがうものになりますので」

「わかった。必ずそうしよう」

よろしくお願いします、とひろ江が頭を下げた。

「それで、本題に戻らせていただきますが、御牧さまは私に、嘉三郎のなにをおききになりたいのでございますか」

「そいつか」

丈右衛門は真摯な表情になった。

「一年前に、父上が卒中で亡くなったといったな」

「はい」

「父上の友垣や知り合い、取引先などを教えてもらいたい」

「はい、それはかまいません」

ひろ江はうなずいてくれたが、顔がどうしてそういうことをお知りになりたいのでございますか、と告げている。

「これはあくまでもわしの勘にすぎぬが、そのあたりから、嘉三郎は肝神丸があることを知ったのではないか、そんな気がしてならぬのだ」

「この『蘭剤妙薬』からではなくですか」

ひろ江が書物を掲げてみせた。

「いや、そういう肝の臓の妙薬があるというのを知ったのは、その書物からであろう。わしがいいたいのは、この店に肝神丸があることをひろ江どのの父の筋から、知ったのではないか、ということだ。むろん、ひろ江どのの父が犯罪に荷担したとか、そういうことを申しておるのではないぞ」

「はい、それはよくわかっております」

ひろ江が考えこむ。

「つまり、こういうことにございますか。父の知り合いのなかに嘉三郎を知っている人がいて、その人から肝神丸がうちで売られていることを知った、と」

「そういうことではないか、とわしは思っている」

ひろ江が納得の顔つきになった。

丈右衛門は矢立(やたて)を取りだし、ひろ江の口からすらすらと紡がれる人の名を、一枚の紙へと次々に書きとめていった。

筆が紙の上をなめらかに滑るのは、気持ちよかった。

「私が思いつくのは、このくらいでございます」

ひろ江がいい、丈右衛門は筆を持つ手をとめた。

「かたじけない」

矢立をしまった丈右衛門は紙を両手で持った。記された人の名は、商家を含めて二十五名ばかりだ。

ひろ江の父親は、新右衛門(しんえもん)といった。

新右衛門と繁くつき合いのあった親しい友、頻繁に会うというほどではなかったが近しい間柄だった人、ただの知り合い、取引先、親類。

丈右衛門はじっと見た。

これらのなかに、嘉三郎のことを知っている者がきっといる。

六

誰かに呼ばれたような気がした。

文之介は、はっと目を覚ました。

起きあがって、部屋を見まわす。

陽射しが、細く入りこんでいる。

障子の外で、鳥の声がしていた。

ただそれだけで、静かなものだ。
人の気配などまったく感じない。
おかしいな、空耳だったのかな。
文之介は首をひねり、思案した。
勘ちがいにすぎないのだろうか。
いや、勘ちがいなんかではない。
文之介は、確信を持って思った。
呼んだのは、お春にちがいない。
お春はとても賢くて気丈な娘だ。
今も嘉三郎を追いかけていよう。
だが、やはり心細さもあるのだ。
だからこそ俺に呼びかけてきた。
そうだ、そうに決まっているさ。
俺たちは、心でつながっている。
お春、きっと見つけだすからな。
それまで、必ず無事でいてくれ。
決して無茶をするんじゃねえぞ。

むろん、これが詮ない願いであるのを、文之介は解している。

こういうときは、なにかいいことを考えねえと。気分を明るくしなきゃあな。

お春が呼びかけてきたのがわかったということは、やっぱり俺たちは気持ちが通じ合っているんだな。

今度会ったら、必ず口を吸ってやろう。

ひっぱたかれるだろうか。

多分。

いや、きっと。

それでもいい。頬に強く感じる痛みが、お春が戻ってきたことを、実感させてくれるだろう。

お春の唇の感触は、いったいどんなものなのかな。

いいことといえば、と文之介は思った。毒入りの味噌汁を飲み、お春に看護してもらったのもそうだ。

目を覚ましたとき、近くにお春の顔があった。

最初は、夢でも見ているのかと思った。どうしてお春がそばにいるのか、わからなかった。

だが、幻などではなく、紛れもなく本物のお春であるのがわかり、文之介の胸は明るさに包まれた。

　そのあと、思い切ってお春を抱き締めたのだ。お春はあらがわず、文之介の腕のなかでおとなしくしていた。

　あのときはうれしかったなあ。あれで口を吸えていたら、胸ははち切れていたにちがいないが、楽しみはあとに取っておくほうがいい。

　お春を無事にこの手に取り戻せたら、また同じような喜びに浸れるにちがいない。

　いや、あのときとはくらべものにならないのではないか。

　きっとそうだ。

　文之介は立ちあがった。

　やる気が横溢（おういつ）している。

　着替えをすませ、手ぬぐいを手に部屋を出た。庭におり、井戸へ向かう。

　歩きつつ、空を見あげた。

　透き通ってやがるなあ。

　雲一つない空は、石を放り投げればそのまま吸いこんでしまいそうなほど、どこまでも澄み渡っている。

　風はやや冷たさを帯びているが、大気はやわらかなぬくみをはらんでいる。昨日に引き続き、今日もあたたかくなりそうだ。

寒がりの文之介にとって、ありがたいことこの上ない。

井戸に来た。顔を洗う。手ぬぐいで水気を取ると、さっぱりした。

そういえば、と文之介は思いだした。空に向かって石を投げたことが、本当にあったなあ。

あれは、八丁堀(はっちょうぼり)のそばで勇七と一緒に遊んでいたときだ。あまりに真っ青に晴れ渡った空で、文之介は石を投げたい衝動に逆らえなくなってしまったのである。

勇七は、やめておいたほうがいい、と何度もいった。だが、文之介はきく耳を持たなかった。

適当な石を選び、思い切り投げてみた。石は空に吸いこまれてゆくように見えたが、すぐに落ちはじめた。

あっ。

文之介は知らず声をあげていた。石が落ちてゆく先が、近所で口うるさいことで知られていた隠居のじいさんの家だったからだ。しかも、あの家の庭にはたくさんの盆栽が並んでいる。

まずい。

文之介は耳をふさぎたかった。

だが、最もききたくない音がはっきりと頭に響いてきた。

しまった。

文之介は逃げだしたくなった。

しかし、そういうわけにはいかない。自分は町奉行所の定町廻り同心のせがれなのだ。卑怯な真似はできない。

勇七のいう通りにしておけばよかった。

後悔の念に駆られたが、もはやあとの祭りだった。

泣きたい思いだったが、文之介は隠居の家に向かった。勇七もついてきてくれた。

隠居には、思い切り叱られた。まるでいくつもの雷が、かたまって落ちたかのようだった。

しかし、壊れた盆栽を弁償しろとはいわなかった。逆に、帰り際に菓子までくれた。

文之介が逃げずに謝りに来たことが、隠居はことのほかうれしかったようだ。

隠居が一人暮らしであるのを知り、それから文之介は勇七とともに、ちょくちょく遊びに行くようになった。

隠居は、もとは侍だった。家人たちと離れ、気楽な一人暮らしを楽しんでいるとのことだった。

なにかわけありであるのは文之介たちにもなんとなくわかったが、きくことは、はばかられた。

どういう人だったのか、知れたのは隠居が亡くなったときだ。葬儀に参列した文之介たちの耳に、大人の声が漏れきこえてきたのである。

隠居は、千代田城中で進物番だったとのことだ。

進物番というのは、大名や旗本が将軍に物を献上するときや、将軍が下賜するときにあいだに立つ役目で、書院番と小姓組のなかから特に選ばれる。

当時の文之介たちは、ご隠居はえらい人だったんだなあ、というのがわかったくらいだったが、隠居した理由というのがせがれの不始末のため、というのをきいて、さすがに愕然としたものだ。

せがれはじき城に出仕という歳だったが、遊び仲間を斬り、逐電してしまったのだそうだ。

幸い、斬られた男は一命を取りとめたらしいが、せがれはとらえられ、切腹を命じられた。

だが、せがれは腹を切ることができなかった。結局は扇子腹も同然に、隠居自ら介錯したのだった。

この一件で妻は実家に戻り、隠居は職を離れて、屋敷を出ることにもなった。

そうだったなあ、と文之介はあのときと変わらない空を見あげて、思いだした。ご隠居のご子息は、人を斬って逃げちまったんだよなあ。

俺が逃げずに謝りに行ったとき、とても喜んだのは、そういうことがあったからだったんだよな。

文之介は沓脱(くつぬぎ)から再び廊下にあがった。台所脇の部屋に行く。

味噌汁のにおいに満ちていた。

「おはようございます」

先に来ていた丈右衛門と、隣で給仕をしているお知佳に、文之介は挨拶した。

「おう、おはよう」

「おはようございます」

文之介は丈右衛門の正面に腰をおろした。

「眠れたか」

「はい、ぐっすりです」

これは別に強がりではない。お春のことは心配でならないが、それでくよくよと眠れなくなることはない。

もし眠らずにいたら、疲れが取れない。それでは探索に障(さわ)りが出て、嘉三郎を探しだせなくなるかもしれない。

そうなれば、お春も見つけられなくなってしまう恐れがある。

文之介にとって、そんなことは決してあってはならぬことだ。

だから、いつでも睡眠は十分に取る。これは丈右衛門の教えでもある。

「どうぞ、召しあがってください」

膳を運んできたお知佳が、文之介の前に置く。

「今日は豆腐の味噌汁ですか」

炊き立てのご飯がほかほかと湯気をあげている。おかずは納豆に梅干し、椎茸の煮つけたものだ。

「文之介さん、お好きでしたね」

「それがしは前にも申したかもしれませぬが、好き嫌いはありません。好きばかりです」

お知佳が楽しそうに笑う。

「文之介さんらしい」

朝からお知佳の笑顔を見られて、文之介もうれしかった。

「相変わらずよく寝てますね」

お知佳がおぶうお勢を見ていった。首を傾けてあどけなく口をあけているのが、たまらなくかわいい。

「母親の私でも、この子が起きているのを見るのはなかなかないくらいですから」

「そういわれてみると……」

文之介は思い起こした。

「それがしも同じですね。ほとんど見たことがありません」

「笑顔がすごくかわいいんだぞ」

丈右衛門が箸をとめていう。

「そうですね。それがしも一度くらいは目の当たりにしたことがありますよ」

文之介は茶碗を手にした。

「いただきます」

まずは納豆をかきまわす。からしを入れ、醤油を垂らす。それを飯にのせる。一気にかきこむ。

「うまい」

自然に声が出た。

「飯の炊き方が絶妙ですね。それがしどもでは、こうはいかなかった」

「そうだったな」

丈右衛門が同意を示す。

「わしが炊くとたいていやわらかすぎ、文之介だとかたくなってしまったものだった。これだけうまい飯が、同じ米から炊けているというのは信じがたいものがある。これまでずいぶんと、米には申しわけないことをしたものよ」

お知佳が口に手を当てて笑う。

「そんな大袈裟な」

「大袈裟ではないさ」

丈右衛門がやんわりといった。

「百姓衆が丹誠こめてつくってくれた米だ。これまでも大事に扱ってきたが、ひどい炊き方をしてしまい、すまぬという気持ちで一杯だ。なんとももったいないことをしてしまったなあというのが、偽らざる思いだな」

文之介も同じだ。もう少しうまく炊いていたら、百姓衆の丹誠の甲斐があったというものだろう。

「でも父上、これからは義母上がずっと一緒です。百姓衆も、きっと喜んでくれるはずです」

「そうだな」

丈右衛門が笑みを見せ、味噌汁に口をつけた。

文之介も味噌汁をごくりとやった。豆腐のやわらかな甘みが口中に広がる。食べることが大好きな文之介にとって、至福のときといっていい。

「文之介、怖くはないか」

丈右衛門が問うてきた。

文之介は即座に問いの意味を覚った。

「大丈夫です。なんともありません」

これは本心だ。毒入りのものを飲んだくらいで、味噌汁がきらいになるようなことはない。それでは、嘉三郎に負けたことになる気がしている。

「それならよい」

丈右衛門が満足そうにうなずいた。

「では薬はいらぬかな」

つぶやくようにいった。

「なんの薬です」

丈右衛門が説明する。

「いただきます」

文之介は強くいった。父の心尽くしだ。むげにすることはできない。しかし、薬は苦かった。

町奉行所に出仕した文之介は、勇七を連れて江戸の町を歩いた。

つややかな光が全身を包み、ずいぶんとあたたかだ。ぐっすり眠っていた明け方はさすがに冷えこんだのだろうが、今は太陽の力のほうがまさり、大気はいくばくかの熱をはらんでいる。

もっとも、もう冬は間近い。もはや汗をかくほど暑くなるようなことは決してない。お日さまは、そこそこの力しか発揮できないようになっており、陽射しははかなさをまとったようなか弱さをともなっている。

文之介と勇七は、今日も嘉三郎の味噌を探し求めてめぐり歩いた。

しかし、これといった手がかりは見つからないまま、九つをまわった。

「勇七、どこかで昼にするか」

文之介は声をかけた。疲れはないが、足にわずかにだるさが感じられる。最近では滅多にないことだが、こういうのは、飯を食べることで消えてなくなる。これは、経験からわかったことだ。

「いいですね」

勇七がうれしそうにいった。

「勇七、腹が空いているのか」

「そりゃもう。旦那もそうですよね」

「まあな」

「なににしますか」

「そうさな」

文之介は顎をなでさすった。

「うどんはどうだ」

「いいですね」

勇七が喜びをあらわにする。

「例の名もないうどん屋ですね」

「そうだ。ここから近いよな」

「ええ、ほんの三町ばかりじゃないですか」

文之介は西へと歩を進めだした。

あのうどんが食べられるのか。こいつは楽しみだなあ。

不思議なもので、そう考えただけで足のだるさがなくなってきた。

いつ以来なのか。

半月近くは行っていなかった。

せまい路地に入る。だしのにおいが鼻先を漂う。それだけで唾がわく。

店の名などなにも入っていない無地の暖簾が、ゆったりと揺れている。

文之介は暖簾を払った。外があたたかなために戸はあいている。

「ごめんよ」

土間に足を踏み入れる。勇七がうしろに続く。

「いらっしゃい」

元気のいい声が浴びせられた。

「あっ、文之介の兄ちゃん、勇七の兄ちゃん、いらっしゃい」

「おう、貫太郎、久しぶりだな。相変わらず元気いいな」

「それだけが取り柄だからね」

「そんなこと、ねえだろう。うどんだって、相当うまいのを打てるようになったじゃねえか」

「おいらなんて、まだまだだよ」

貫太郎が控えめにいう。

「ほう、どうやら謙遜じゃねえみてえだな」

「当たり前だよ。天狗になっちまったら、腕はあがっていかないからね」

「貫太郎、そいつはすごくいい心がけだぞ。俺も見習うとするかな」

勇七も同じことを思ったようで、深いうなずきを見せている。

「親父、頼もしい跡取りができたじゃねえか」

「さいですねえ」

厨房のなかで、いまだに名を知らない親父がにっこりと笑う。

「これであっしも安心して死ねますや」

「そんな縁起でもないことをいわないでください」

やんわりとたしなめたのは、貫太郎の母親のおたきだ。

「そんな歳でもないんだし」

「そうだな、すまねえ」

親父が素直に謝る。

こりゃまたいい様子じゃねえか、と文之介は感じた。夫婦になる日はそう遠くねえようだな。

「文之介の兄ちゃん、もう大丈夫なの」

貫太郎が案ずる瞳を向けてきた。

「体のことか。当たりめえだ。この通りだよ」

文之介は胸を叩いた。ただあまりに強く叩きすぎて、激しく咳が出た。

「大丈夫ですかい」

勇七が背中をさすってくれる。

「大丈夫だ。勇七、ありがとう」

文之介は顔をあげて、貫太郎を見た。

「咳は関係ねえぞ。本当にすっかりよくなっている」

貫太郎がにっこりと笑う。

「顔色が前以上にいいから、具合がいいのもわかったよ」

「そうか、顔色はいいか」

文之介は頬をなでた。貫太郎にいわれて、ほっとしたところも正直、ある。

「こちらにどうぞ」

文之介たちを座敷にいざなってくれたのは、貫太郎の妹のおえんだった。

座敷が一つあるだけの店だ。刻限が刻限だけに、すでに客で一杯になっている。

それでもおえんは、座敷の隅に文之介たちを引っぱるように連れていってくれた。客たちもせまい店であるのをよく解しており、尻をずらすなどしてくれた。

「すまねえな」

文之介は客たちに礼をいった。

「おえん、冷てえやつをくれ。勇七も同じのでいいか」

「はい、お願いします」

「冷たいのを二つですね。ありがとうございます」

茶を置いたおえんが、注文を通しに厨房に行こうとする。

文之介はささやきかけた。

「あの二人はもうじき一緒になるのか」

おえんが表情を輝かせる。

「うん、そうだと思う」

「いつだ」

「それが、まだ私たちも教えてもらってないの」

「なんだ、親子なのにずいぶんと水くせえじゃねえか」

「照れてるのよ、きっと」

「ほう、そうなのか」

文之介は厨房に目を投げた。親父とおたきは顔を寄せ合い、仲むつまじげに話をしている。

「決まったら、必ず教えるように、二人にいっておいてくれ。お祝いをしなきゃ、いけねえからな」

「はい、わかりました。伝えます」

おえんが座敷を去った。

茶をすすっていると、すぐに冷たいうどんがやってきた。

「お待たせしました」

おえんが手際よく二つの丼を配る。

文之介は即座に箸を手にした。

「うまそうだなあ」

自然に顔がほころんでくる。

「おえん、これは誰が打ったうどんだ」

「誰でしょう」

「まさかおえんじゃねえだろうな」

おえんがくすっと笑う。

「うどんを打つのに力はいらないって、おじさんはいうけれど、私が打つにはあまりに力がなさすぎなんです」

「打ってみたことはあったんだな」

「ええ、でも全然駄目だった。とにかく文之介のお兄ちゃん、はやく食べてみて」

文之介は一気にずるっとやった。

「うめえ」

つるんとしていて、喉越しがすばらしい。腰があって歯ごたえが十分で、だしがきいている汁に実によく絡む。

「こいつはすごいうどんだぞ」

「本当ですねえ」

勇七はいったが、顔をあげようとしない。むさぼるように、ひたすらうどんを食べ続けている。

「おえん、誰が打ったんだ」

「おじさんよ」

「そうなのか。また腕をあげやがったんだなあ。つまり貫太郎やおたきさんに負けないように、修業に励んだということだな」

「そうなの」

おえんが小さく笑う。

「おじさんて、信じられないほど負けずぎらいなのよ」

「そうじゃなきゃ、これだけうまいうどんは打てんだろうな」

文之介は一息に食べ終えた。

「うまかったあ」

もっとたくさん腹に入れたかったが、食いすぎは午後の仕事に差し障りが出そうだ。我慢した。

勇七も満足そうに茶を喫している。不意に顔を寄せてきた。

「旦那、親父さんに話をきいてみたら、どうですか。だいぶお客さんも少なくなっていますし、いい機会ですよ」

「話って味噌のことか。なるほど、食い物屋なら、味噌のことにも詳しいかもしれねえな」

先に勘定をすませ、文之介は例の味噌のことを親父にたずねた。

親父が首をひねる。

「とろりと甘くて、あと口の辛さがさわやかな味噌ですかい。上方の味噌だろうというのはなんとなくわかりますが、それ以上のことはあっしにはなんとも……。旦那、申しわけないことに存じます」

「いや、いいよ」

文之介は気にしていない。

「味噌に詳しい者を知らねえかい」

親父は何人かの名をあげてくれた。

「ありがとう、さっそく行ってみることにするよ」

「はい、よろしくお願いします」

「じゃあ、また来るよ」

文之介は笑顔で貫太郎たちにいった。その瞬間、首筋に眼差しを感じたような気がした。

すばやく振り返る。暖簾越しに外を鋭く見た。

しかし誰もいない。

「どうかしましたかい」

勇七がいぶかしげにきく。貫太郎や親父も同じ顔つきだ。
「ちょっとな」
文之介は腰の長脇差に手を置き、いつでも引き抜けるようにした。
暖簾を外に払い、路地に出る。
向かいの板塀の近くに、用水桶が置かれている。その陰が怪しい。
文之介は慎重に歩みを進めた。
あと三歩、二歩、一歩。
のぞきこむ。
だが、誰もいない。
緊張がゆるみ、汗が噴き出る。
気のせいだったか。
果たしてそうなのだろうか。
誰かに見られていたのではないか。
思い当たるのは、一人だ。
野郎、そばにいやがったのか。
いやな気分だ。
できれば勘ちがいであってほしかったが、おそらくそうではない。

くそう。

文之介は歯ぎしりした。

姿をあらわしやがれ。

文之介は、ふと目の前の板塀が気にかかりはじめた。この向こうにやつがいるのではなかろうか。

板塀の隙間（すきま）に目を当て、向こう側の様子をうかがった。

人がひそんでいるような気は感じられないが、なにしろ相手は嘉三郎だ。気配を消すことくらい、朝飯前だろう。

文之介は跳躍し、思いきってのぞきこんでみた。

そこは空き家のようで、荒れた庭と朽ち果てかけた母屋があるだけだった。

七

すばやくあとずさりした。

板塀を乗り越える。

見られたか。

いや、大丈夫だ。

板塀の隙間からのぞき見て、嘉三郎はほくそ笑んだ。

眼差しに気づいたのはなかなかのものといっていいが、野郎の腕ではそのくらいがせいぜいだろう。俺が塀を越えたのを、あのぐうたらな目が追えるはずもねえ。

路地に出た文之介が、ついさっきまで嘉三郎がひそんでいた用水桶のところに行こうとしている。

無駄だぜ。

嘉三郎は心であざけった。

俺はもう、そこにはいねえ。

文之介のうしろには、中間がついてきている。勇七の野郎だ。

こいつは、と嘉三郎はにらみつけた。文之介以上に殺したい男ともいえる。

こいつがいなかったら、文之介や丈右衛門はすでにこの世からおさらばしていたはずだからだ。

とうに焼け死んで、地獄に真っ逆さまだった。

殺してやろうか。

嘉三郎は懐に手を入れた。匕首(あいくち)を鞘(さや)ごと取りだす。

静かに引き抜いた。刃が陽射しを弾く。

目に痛いくらいのまぶしさだ。今日は晩秋の割に、太陽に勢いが感じられる。

おかしいな。

嘉三郎は腹のなかでつぶやいた。

さっきまで太陽には、さして元気がなかった。じき終わりを迎える秋の光といってよかった。

それが昼をすぎたところで、どうしてか気力が出てきたらしく、盛んに熱を地上へ送ってきている。

天気のめぐりがおかしくなっているのは、どうもいやな気がしてならない。

いや、今はそんなことを考えている場合ではない。

すぐそばに文之介がいる。緊張した顔をしている。

どうやら、目を当てていたのが俺だというのを覚ったようだ。

そのあたりは、ふつうに考えれば馬鹿でもわかることだ。

文之介が目の前の板塀を気にしている。隙間からのぞきこんでくるかもしれない。

そのとき、この匕首で刺してやろうか。

しかし考え直した。

それではつまらん。

文之介を屠(ほふ)るのには、もっといい手立てがあるような気がする。

嘉三郎はその場を離れ、荒れ果てた庭を、背を低くして横切った。

落雷にでも遭ったのか、上の半分がなくなっている大木の陰にひそむ。そこから文之介を見た。

跳びあがって、こちら側をのぞきこんできた。

ああいうことを平気でやれるやつだ。

すぐに誰もいない空き家であるのを知り、文之介はあきらめた。路地を歩きだす足音がした。

慎重を期して、嘉三郎はしばらくその場を動かなかった。

文之介をこの世から始末する手立て。

それは、そこのうどん屋が示唆を与えてくれた。

うどん屋にいたのは、紛れもなく貫太郎だった。

どうしてあいつがこんな店にいるのか。

正直、驚かされた。

あの餓鬼は、掏摸だ。しかも、かなりの腕前だった。仕事の際は、弟や妹が貫太郎に力を貸していたはずだ。

最近、噂をきかないと思っていたら、こんなところにいやがった。

だが、なぜうどん屋に。足を洗ったのか。

しかも、文之介とずいぶん親しげにしていた。

まさか文之介の野郎、正道に戻したのか。

そうとしか考えられねえ。

おもしれえじゃねえか。ちょっと確かめてみるか。

やつを屠る手立てが見えたような気がした。

嘉三郎は立ちあがり、歩きだした。空き家の庭を抜け、格子戸の脇に立つ。

半身になって外をうかがう。文之介と勇七がまわりこんでいないか。

去ったと見せかけて、こちら側を張るくらいの知恵は持ち合わせているだろう。

こちら側は、かなり大きな道に面している。行きかう者も多い。誰もが、今日の平穏が明日も続くのを信じているような、のんびりとした顔をしている。

しかし、それはあやまちだ。平穏なんてものは長続きしない。

それは俺も同じだ。だから、その日一日を精一杯生きている。

文之介らしい眼差しは感じない。だが、用心に越したことはない。

嘉三郎はきびすを返した。庭を突っ切り、板塀に戻る。

隙間から、うどん屋が見えている。風に暖簾がふんわりと揺れていた。

そういえば、と思いだした。あのうどん屋の親父にも見覚えがあるような気がする。

勘ちがいか。

いや、ちがう。

どこかで見ている。それは確かだ。

どこでだったか。

それが思いだせない。苛つく。

そのうち思いだすだろう。

仕方あるまい。

嘉三郎は、路地に文之介たちがいないのを確かめた。

いくらなんでも、こちら側にはまわってきていないだろう。

路地に人影がないのを見計らい、嘉三郎は塀を乗り越えた。

なにごともない顔で、歩きだす。

しかし暑い。暑すぎる。流れ出た汗が首筋を伝い、背中を落ちてゆく。まるで夏のようだ。

風呂に入りたい。汗を流したい。下着も替えたい。

嘉三郎は頭上を見た。太陽が激しい熱を放っている。

この時季に、どうしてあんなにしゃかりきになっているのか。

わけがわからねえ。

広い道に出た。さらに人通りが多い。誰もが背を丸め、寒そうにしている。

まさか俺だけが、こんなに暑く感じているのではあるめえな。

風邪を引いたか。

しかし、風邪には滅多にかからない。もう何年も引いていない。

それが今になって、ということなのか。

俺だけが暑い。どうも妙だ。

なにかの前触れなのか。まさか死が訪れるとか。

冗談じゃねえ。

別のことを考えねえと、縁起でもないことばかり頭に浮かべそうだ。

なにがいい。

そうだ、お春はどうだ。

あの女は、俺の好みだ。俺を追って、御牧屋敷から姿を消したのは知っている。

そうだ。

嘉三郎はにやりと笑った。ちょうど行きすぎた男が、ぎょっとして嘉三郎を見ていった。

俺は今、どんな顔をしているのか。

とにかくお春を俺が先に見つけ、慰んでやろう。ぼろ切れのようになったところを捨てればいい。

そこを文之介が見つけるだろう。

一刻もはやくそうしなければ。

そんな気持ちになってきた。そうすれば、この暑さも吹き飛び、いつもの爽快さが舞い戻ってくるのではないか。

よし、やってやるぜ。

嘉三郎は肩で風を切って歩きはじめた。

それにしても、と思う。あのうどん屋の親父、いったいどこで見たのだったか。

わからねえ。

どうにも苛つく。

暑さは去らない。

第二章　濡縁(ぬれえん)に雨

一

車輪がきしんだ音を立てた。
深い轍(わだち)にはまり、大八車(だいはちぐるま)が大きく揺れた。
千両箱が落ちないか、御牧丈右衛門は案じ、手をのばしそうになった。
だが、筵(むしろ)の下はびくともしなかったようだ。
筵の上にきつく綱が張られ、それが千両箱をがっちりと押さえつけている。
大八車には、三人の屈強な若者がついている。これは、又兵衛が選んでつけた者だ。
楫(かじ)を握る男が、すみませんと謝った。
「いいんだ、気にするな」
うしろから、ややかたい口調で桑木又兵衛が声を投げた。

「物が無事なら、それでよい。ただ、同じことをせぬように、次からはよくよく気をつけるのだぞ」

「はい、そういたします」

又兵衛は、丈右衛門が来ずともよいといったのだが、ついてきたのだ。不届きな考えを持った者が近づいてこないか、目を光らせている。

丈右衛門はその姿を見て、苦笑せざるを得なかった。

又兵衛は賊が忍びこんでこないか、終夜、蔵を見張っている忠実な番犬のように、全身に緊張をみなぎらせている。特に、両肩ががちがちだ。

これでは、三増屋までもたぬのではなかろうか。

案じた丈右衛門は又兵衛の背後にまわり、肩を叩いた。

又兵衛がどやしつけられたように驚き、振り向く。

「なんだ、丈右衛門か」

刀に右手を置いている。又兵衛はふだん、刃引き(はび)の長脇差(なが)を帯びているが、今日に限っては本身(ほんみ)を腰に差していた。

「大仰な真似をするなあ」

丈右衛門は少々あきれた。

「そう申すな」

目を血走らせて、又兵衛が叱りつける。

「丈右衛門、よいか、三千両だぞ。もし万が一があれば、三増屋の立て直しがきかなくなるではないか。わしは金が無事に運びこまれるか、しっかりと見届けなければならぬ。それがわしのつとめよ」

「気持ちはわかるが……」

丈右衛門はなだめるようにいった。

「もう少し、力を抜いたらどうだ。そんなに気を張っていたら、腕もこわばってしまう。せっかくの刀だって、なめらかには抜けぬ」

「そうか。それでは、いざというとき役に立たぬな」

又兵衛が両肩を上下させる。

「これでどうだ」

少しだけ肩の筋骨にゆるみがあらわれた。体にも余裕が出てきている。同時に、足の運びも軽くなってきた。その分、腰も沈んでいる。

これなら、もし三千両を狙う不届き者がやってきても、十分に対処できるだろう。又兵衛は手練（てだれ）というほどではないが、もともとそこそこ遣えるのだ。

丈右衛門はそのことを告げた。

「そうか、そいつはよかった」

又兵衛がほっとした顔を見せる。すぐに気づいたように引き締めた。

「いや、油断は禁物ぞ。こうして気をゆるめたところを狙われるかもしれぬ」

「ふむ、確かにな」

うなずいたものの、丈右衛門は大丈夫だろうと踏んでいる。

三つの千両箱を運んでいるということを知る者はほとんどいないし、大八車について いる三人の若者は又兵衛の信頼が厚い者たちだろう。

最も案じられるのは、嘉三郎による企みだが、さすがに今回ばかりはなにも考えていないのではないか。襲ってくることは、まずあるまい。

丈右衛門としてはむしろ、嘉三郎をおびき寄せるための罠としてつかいたい気持ちがあった。

だが、この程度の、策ともいえないことに嘉三郎は引っかかるまいということで、取りやめにした。

「桑木さま」

控えめに肩を並べて、丈右衛門は又兵衛に静かに呼びかけた。

又兵衛が目をみはる。

「どうした、丈右衛門。ずいぶん神妙な顔をしているではないか」

「いや、これは感謝のあらわれだ」

「そうか、丈右衛門、わしにそんなに感謝しているのか」

「当然だ。大事な大事な虎の子を、こうしてだしてくれる。感謝以外の思いや言葉など、ほかにあるはずがない」

今度は又兵衛が肩を叩いてきた。

「この前も申したが、わしはおぬしが喜んでくれれば、それでよいのだ。ほかに望むものはない」

「かたじけない」

又兵衛が破顔する。白い歯がくっきりと見えた。

「丈右衛門、礼などいい。いったい何度いったらわかるのだ」

「しかし――」

「しかしではない。わしの夢など、友の前では、ちっぽけなものにすぎぬ。金などまた貯めればよいが、友との絆は一度切れたら、二度とつながらぬ」

「もし桑木さまが金をださぬと申していたとしても、わしとの絆が切れるようなことにはならぬ」

「そうかもしれぬが、わしがそれではいやなのだ。金だけに執着する者。おぬしは見下げ果てよう」

「わしはそのようなことは思わぬよ」

丈右衛門はやんわりと口にした。又兵衛が丈右衛門をじっと見る。

「その通りだな。失言だ。謝る」

いきなり頭を下げてきた。

「いや、そのようなことをする必要はない」

「いや、謝らねばならぬことさ。おぬしを見損なったも同然だからな」

又兵衛が空を見る。今日は朝から雲が空を覆い、陽射しはない。傘でも差したかのように、江戸の町はどんよりとした暗さに包みこまれている。

「とにかく、こういうときにださぬ者は、金の使い道を知らぬということよ。金の亡者でしかない。わしはそんな者になるのは、願い下げだ」

又兵衛が、丈右衛門の背中を思い切り叩いてきた。

さすがに力は強く、痛かったが、丈右衛門はしっかりと受け止めた。

「金の話はこれまでだ。丈右衛門、二度と持ちだすなよ」

又兵衛は晴れ晴れとした表情だ。

「承知した」

丈右衛門もすっきりとした気持ちになっている。

又兵衛が少し疲れた顔で前を見やる。

「それにしても丈右衛門、まだ着かぬのか」

「あと少しだ」

又兵衛がうんざりする。

「丈右衛門、先ほどからそればっかりではないか」

丈右衛門は又兵衛に目を当てた。

「おまえさん、三増屋に行ったことはないのか」

「あるさ」

「それならば、どこにあるか存じているであろうに」

「むろん知っているが、今日はまるで別のところに越してしまったのではないかと思えるほど、遠くに感じるぞ」

丈右衛門は笑いかけた。

「越してなどおらぬ。遠く思えるのは、気のせいだ」

「そうかな。足だって、重くなってきておるぞ」

「それは、鍛え方が足りぬのだ。文机の前に座ってばかりいるせいだな。本当にもうじきだ」

実際、すでに二町を切っているはずだ。

ただ、日本橋(にほんばし)の繁華街に近いところを通っていかなければならないために、行きかう人が多く、大八車の行き足はかなりおそくなっている。

大八車でもし人を轢き殺したら、死罪だ。どうしても慎重にならざるを得ない。

「ならば、あとひと踏ん張りだな。がんばるぞ」

又兵衛が、自らにいいきかせるようにいった。すぐに眉を曇らせる。

「なんだ、あの人垣は」

確かに、半町ほど先に人がたくさん集まっている。

「迂回するか」

又兵衛が丈右衛門にきく。

「いや、三増屋はあの人垣の向こう側ゆえ、もはや迂回はきかぬ」

又兵衛が案じ顔になる。

「よもや三増屋を取り囲んでいるわけではあるまいな」

考えられないわけではない。売り物の味噌で十名の死者をだしたとき、大勢の者が三増屋を囲み、投石を繰り返したという話はきいている。

そのときに駆けつけてやれなかった悔いは、丈右衛門のなかに今でも強く残っている。

そうなることはわかっていたはずなのに、床に臥せた文之介に代わって、探索に精だしていたのだ。久方ぶりの探索に血をわき立たせていて、まわりに目を配る余裕を欠いていた。

「どうやらちがうようだな」

丈右衛門は安堵の思いを顔にあらわしていった。

「そのようだ」

又兵衛もほっとした。

徐々に人垣に近づいてゆくにつれ、喧嘩(けんか)でもしているらしい怒鳴り声が耳に届いたのである。

しかし、こんなときに、という思いも同時にあった。

「通してくれ」

大八車の前に立って、丈右衛門は背を見せている者たちにいった。

なんだよ、という顔で誰もが振り返るが、丈右衛門の気迫に押されたかのように、次々に道をあける。

しかし、大八車が通れるほどには道は広くならない。

「ちょっとここで待っていてくれ」

丈右衛門は又兵衛にいった。

「わかった。丈右衛門、はやくなんとかしてくれ。この者たちをどかさぬことには、どうにもならぬ」

「大丈夫だな」

丈右衛門は又兵衛に確かめた。

「ああ、まかせておけ。何人も、指一本触れさせせぬ」

又兵衛が自分の胸を叩いた。

「よし、まかせた」

丈右衛門は三人の若者にも目を向けた。うなずきかけてから、人垣を割り、群衆の前に出た。

目の前の光景に、舌打ちが出そうになった。

大通りの真んなかで、それぞれ五人ずつの侍がにらみ合っているのだ。

十人はいずれも若い。どうやら旗本か御家人の子弟のようだ。

おそらく、と丈右衛門は思った。部屋住だろう。

出仕することはなく、婿入りの話もろくにない。鬱憤がたまる。

はけ口を求めて、町人たちに乱暴、悪さをする輩があとを絶たない。

丈右衛門にも、出口の見えない窮屈さはわからないでもない。

きっとつらかろう。つまらなかろう。叫びたくもあろう。

だが、ほかに手立てはいくらでもあるはずだ。それを探すのだって、きっと心弾むものがあろう。

目の前にいる者たちは、若さを垂れ流しているにすぎない。

丈右衛門は足を踏みだし、若侍がつくる壁のあいだに立った。

右側に立つ長身の一人がにらみつけてきた。これで迫力があると自分では思っているのかもしれない。この男が一方の大将格だろう。

丈右衛門は見返した。

「おまえさんたち、喧嘩するのなら、よそでやってもらえぬか。ここは天下の往来だ。多くの者が迷惑している。わしも迷惑しているうちの一人だ」

「どこが迷惑なんだ」

左側のずんぐりとした男が怒鳴る。

丈右衛門は目を転じた。

「迷惑しているさ。大八車で荷を運んでいるのだが、おまえさんたちのせいで、通れぬ」

「まわり道せい」

「したくてもできぬ。届け先がこの先なんでな」

丈右衛門は正面を指さした。

「どいてもらえぬか」

「どかぬ」

長身の男が語気荒くいい放つ。

「こやつらを叩きのめすまではな」

「なにを」

「きさまらなどにやられるものか」

左側の男たちが息巻く。

「きさまらこそ、叩きのめしてやる」

「まあ、待て」

丈右衛門はうんざりしつつも、割って入った。

「とめるな」

「とめておらぬ。喧嘩は自由にやってもらってよい。ただ、場所を移ってほしいと頼んでいるだけだ」

「うるさい、黙ってろ」

「じじいは引っこんでな」

「年寄りの冷や水だぞ」

男たちが口々にわめく。

「これほどいっても、駄目か」

若者たちのめぐりの悪さに丈右衛門はあきれ、首を振った。

「そうであるのは、はなからわかっていたのだが」

「じいさん、なにをぶつぶついってやがんだ。怪我しねえうちに、とっとと下がりな」

男が丈右衛門の胸を押そうとする。

丈右衛門はすっと動き、かわした。

「な、なんだ」

手が大気の壁を押し、たたらを踏むような形になった男があわてる。

「あくまでもどかぬというのなら、わしが相手をしよう」

「なんだと」

十人の男の目がいっせいに注がれる。この年寄り、もしかしたらとんでもない達人なのか。男たちの瞳には、すでに恐れが浮いている。

「やるのか」

丈右衛門は殺気をみなぎらせた。

「やってやる」

逆上したらしい男が丈右衛門につかみかかってきた。

丈右衛門はあっさり投げ飛ばした。地響きを立てて、男が地面に腰を打つ。立ちあがれない。

まわりにいる見物人たちから、どよめきがあがる。丈右衛門がやられるものと、誰もが思っていたようだ。

「きさまっ」

別の男が丈右衛門の顔を殴りつけようとする。

丈右衛門はその手を手繰(たぐ)り、地面に叩きつけた。むろん、手加減はしている。

二人があっけなくやられて、残りの男たちはどうしようか迷っている。

「とっとと帰れ」

丈右衛門は顎をしゃくった。

「若さはもっとほかのことにつかえ」

丈右衛門は、路上で腰を押さえ、顔を大仰にしかめてうなっている二人を介抱するようにいった。

丈右衛門の気迫に押され、十人の男たちは、別々の方向に立ち去った。どうして喧嘩していたのか、よくわからないといった表情をしていた。

すごいよ。お侍、よくやった。千両役者っ。

そんな声がかかるなか、丈右衛門は又兵衛たちの前に戻った。

顎をぽりぽりとかく。

「どうした、浮かぬ顔だな」

又兵衛はにやにや笑っている。

「わかっているだろう」

「まあな。ぶん投げることなどせず、もっと粋にやるつもりだったんだろう」

丈右衛門は情けなさを感じ、なんとなく首筋をなでた。

「年を食ったのかな。仲裁さえ、うまくできなくなった」

「衰えたと思うのか」

「それはない。ただ、どうも自分の思う通りにできなくなった」

「それが衰えではないのか」

丈右衛門は眼差しを地面に泳がせた。

「かもしれぬ」

顔をあげ、又兵衛を見た。

「なにごともなかったか」

「見ての通りだ」

又兵衛が大八車を腕で示す。

「それはなによりだ」

「丈右衛門、ではまいろうか」

又兵衛の命で、大八車が牛のようにのっそりと動きだした。

すでに人々は散っている。大八車はふつうのはやさにすぐになった。

丈右衛門は行く手を見つめ、指さした。

「ほら、あそこだ。もう見えている」

「おう、まことだ」

又兵衛は喜色をあらわにする。

大八車は、無事に三増屋の前に到着した。重い音を立てて、車輪がとまる。

ほう、と又兵衛が大きく息をつく。汗びっしょりになっている。

「おまえさん、なにもせんのに、どうしてそんなに汗をかいているんだ」

「なにもせんということはあるまい。警護をしていたではないか。恐ろしいほど神経をつかったぞ」

「まあ、そういうことにしておこう」

丈右衛門は三増屋を見つめた。店は当然のことながら、閉めきられている。

「丈右衛門、今日、金を持ってくることは前もっていってあるといったな」

又兵衛が問うてきた。

「ああ、藤蔵のせがれの栄一郎と一番番頭にいってある」

「それならばよい。ちょっと確かめただけだ。前触れもなくこれだけの大金を運びこまれても、店の者は、ただびっくりするだけだろうからな」

「その通りだ」

同意を示して丈右衛門は、また店に目を投げた。

生気がまったく感じられない。家族や奉公人がいるはずだが、息をひそめているのか、気配を覚えることはできない。

その気持ちはわかる。嘉三郎にはめられたとはいえ、取り返しのつかない不始末をしでかしてしまったからだ。

なんといっても、死者が十名というのは大きすぎる。

「どうするんだ」

又兵衛が店を見つめてきく。

「これでは運びこめぬぞ」

「裏にまわろう」

ややせまい道に大八車を導き入れる。

店の背後も広い道になっているが、さほどの人通りはない。二つの味噌蔵が塀越しに見えている。

裏の戸は構えがかなり大きい。味噌を運んできた荷車がそのまま入れるようになっている。

こちらもかたく閉められていたが、丈右衛門たちの物音がきこえたか、門のうちで人が動く気配が届き、のぞき窓がひらいた。

「栄一郎、わしだ」

丈右衛門がいうと、お待ちしておりました、と栄一郎がほっとしたように口にした。

「今、あけます」

鍵が鳴るせわしない音が続いたあと、門が広くあいた。

大八車が敷地に力強く押しこまれた。門がすぐさま閉じられる。

一番番頭や、他の奉公人たちも顔をそろえた。

奉公人は一人も欠けていない、ときいている。誰もが藤蔵を慕い、信じているからこそだろう。

店の立て直しがきかないときというのは、練達の奉公人が次々に外に流れ出てしまうのが理由となることが多い。

だが、三増屋の場合はちがう。これなら藤蔵が戻ってきさえすれば、以前のというのはむずかしいだろうが、それなりの繁盛ぶりを自分たちのものとするのは、さほど難儀なことではあるまい。

丈右衛門は又兵衛に目で合図した。

又兵衛が顎を引き、筵をはぐ。

栄一郎たちが目をみはる。金を持ってくることは丈右衛門からきいていたが、三千両もの金があらわれるとは、予期していなかったようだ。

「自由につかってくれ」

丈右衛門は栄一郎と一番番頭にいった。

「は、はい」

「大丈夫、きれいな金だ。こちらの桑木さまがだしてくださった」

「ありがとうございます」

栄一郎や奉公人たちがいっせいに頭を下げる。

「いや、いいんだ。わしの金が生き金になる。それ以上のことはない」

金が金蔵に運びこまれる。二重の扉が閉じられ、がっしりと錠がおりる。

そこまで見届けてはじめて、丈右衛門は安堵を感じた。汗が、一気に全身を覆い尽くすように噴き出てきた。

「やれやれだな」

顔をしかめていったが、又兵衛は和やかな雰囲気をたたえている。

「うむ」

丈右衛門はうなずきを返し、栄一郎に歩み寄った。

「じき、藤蔵も放免になる。いわずもがなだろうが、それまで皆と力を合わせてがんばるのだぞ」

「はい」

栄一郎が力強いうなずきを見せる。これなら大丈夫だろう、と丈右衛門は思った。きっとがんばれよう。

「お春から、なにかつなぎはあったか」

栄一郎が、一転、暗い顔になる。

「いえ、なにも」

「そうか」

丈右衛門は上空を仰ぎ見た。

あの娘は、この空の下、いったいどこにいるのだろう。

二

「旦那、大丈夫ですかい」

うしろから勇七が声をかけてきた。

文之介は振り向いた。

「どうして」

「さっきからふらふらしていますから。心配ですよ」

文之介は月代をなでた。朝、身だしなみとしてしっかり剃ってきたから、うぶ毛など剃り残しはない。

「勇七、どうして俺がふらついているのか、わかっているんだろう」

「ええ、まあ」

勇七が気の毒そうな声をだす。

「あれだけ味噌をなめれば、頭がおかしくもなりますよねえ」

文之介は勇七をにらんだ。

「頭がおかしいっていい方は、変じゃあねえか」

「でしたら、いい方を変えますよ。のぼせますよねえ」

「のぼせるか。確かに、そんな感じなんだよなあ」

文之介は鬢をがりがりとかいた。

「勇七、どうしてたくさんの味噌をなめると、のぼせたみたいになるんだ」

勇七が首をひねる。

「どうしてなんでしょうねえ。少しなめたくらいではなんてこと、ないでしょうから、たくさんなめるのがいけないんでしょうね」

文之介は腕組みをした。

「これまで、ものすごくなめてきたからなあ。舌がどうにかなっちまったのかな。それが、頭にくるのかなあ」

「かもしれませんねえ。味噌は大豆からできているんですよね。大豆が頭に悪いとは思えませんから」

「そうだよなあ。だとすると、塩ってことになるのかなあ」

「旦那」

勇七が呼びかけてきた。

「今も行われているのか、あっしは知らないんで、番所の者として恥ずかしいんですけど、なんでも塩抜きの刑というのがあるそうですね」

文之介は大きくうなずいた。

「ああ、きいたことがあるぞ。伝馬町(てんまちょう)の牢屋敷でのことらしい。なんでも囚人に与える食事のなかで、味噌汁を薄いものにしたり、漬物を薄味にしたりするんだそうだ。味も素っ気もねえってやつだな」

文之介は空を眺めた。小さな雲がいくつかの群れとなって、北へと流れている。上空は相当の風が吹いているのだろう。

「どうしてそんなことをするんですかい」

文之介は勇七を見つめた。

「勇七、本当はとっくに知っているんじゃねえのか」

「とんでもない」

勇七が馬のように首を横に振る。

「まあ、いいや。そういうことにしておくとするか」

文之介は説明をはじめた。

「きっと今も行われているんじゃねえかと思うんだけど、塩っ気を与えずにいると、暴れ馬のような男でも、すぐにおとなしくなっちまうそうだ」

「ということは、塩をとっていると、元気が出るってことですかい」

「そういうこったな」

文之介は再び首をひねった。

「ということは、この俺のふらつきは、塩のせいで元気が出てきているっていうことなのか」

「どうでしょうねえ」

勇七は半信半疑といった顔つきだ。

「元気っていうのなら、旦那は前から元気ですものねえ」

言葉を切り、少し考えた。

「なにごとも、過ぎたるは及ばざるがごとし、という金言もありますからね、旦那の頭は、やっぱりおかしくなっているのかもしれませんよ」

いってから勇七が、いや、それではおかしいな、とつぶやいた。

「勇七、なにがおかしいんだ」

「はなからおかしい頭が、もっとおかしくなるなんてことがあるのかなあって思ったんですよ」

「はなからおかしい頭か。そうだよな、俺はいつもいつも妙なことばかり、考えているものなあ」

文之介は勇七をにらみつけた。

「旦那、どうしてそんな顔をするんですかい」

「えっ。……旦那、今、自分でいつも妙なことばかり考えるっていったばかりじゃないですか」

「それは、ただ勇七の言葉に乗ってやっただけだ」

「なんだ、本気じゃなかったんですかい。でも旦那、妙なことを考えているっていうのはいいことなんじゃないんですかい」

「どうしてだ」

いいながら、文之介はひらめいた。

「人とは全然ちがうことを、考えつけるからだな」

「そういうこってす」

勇七が深く顎を引く。

「そういうのは探索にまちがいなく役立ちますからね。まだ若い旦那がこれまでいくつも事件を解決できてきたのは、その妙な頭があったからですよ」

文之介は勇七をじっと見た。

「勇七、その引っかかるいい方はなんとかならねえのか」

「あっしにとっては、ほめ言葉なんですけどねえ」

「どうも俺には、そういうふうに受け取ることができねえ」

「まあ、いいじゃありませんか。いいほうに考えてください。それより旦那、今日はどうするんですかい」

「昨日と同じさ。味噌を調べる」

「じゃあ、またなめ続けるってことですね」

「そうだ」

文之介はうんざりしたが、やり抜くしか今のところ、道は見当たらない。

勇七がすまなげにする。

「あっしも力添えができたら、いいんですけどねえ」

文之介は勇七の肩を叩いた。

「気持ちだけ、受け取っておくよ。あの味噌の味を覚えているのは、探索をする者のなかでは俺だけだ。ほかの者にできることじゃねえ」

「でも旦那、嘉三郎の味噌の味、まだちゃんと覚えているんですかい。たくさんなめ続けて、薄れちまったなんてことは、ないんですかい」

文之介は胸を叩いた。今日は、咳きこむようなことにはならなかった。

「大丈夫だ。勇七、まかしておけ。俺は食いしん坊だからな、一度、口に入れた物はかなか味を忘れねえんだ。あの味噌だって、ぶち当たれば、こいつだってすぐにわかる自信がある」

「そうですかい、そいつは頼もしいですねえ。旦那、期待してますよ」

「ああ、まかしておけ」

それから二人は昨日と同じく、味噌を扱っている店を虱潰しにしていった。

上方の味噌であるのは、疑いようがない。京のものだけでなく、奈良や大坂、近江の味噌もなめてみた。

しかし、それらしいものにはぶつからなかった。

探索をはじめてから、これまでどれだけの味噌を口にしたのだろう。

本当に、と文之介は思った。俺はあの味噌の味を覚えているのだろうか。

もうとっくに同じ味噌をなめているにもかかわらず、気づかなかったということはないだろうか。

勇七に大見得を切ったのに、文之介は自信がなくなりつつある。

「旦那、どうしました」

勇七がうしろから声をかけてきた。

「どうもしてねえよ」

文之介は無愛想に答えた。

「どうしたんです、ずいぶんとぶっきらぼうじゃありませんか」

文之介は、そうかな、といった。

「わけはわかっていますよ」

文之介は振り返った。

「旦那、前を見ていないと、危ないですよ。また、柱で頭を打っちまいますよ」

「打たねえよ。勇七、わけがわかっているといったけど、本当か」

「本当に決まってますよ。いつからのつき合いだと思っているんですかい」

文之介は黙った。

「味噌の味について、自信がなくなっちまったんでしょう」

文之介は前を向いて、うなずいた。

「やっぱり」

勇七が声を励ます。

「旦那、大丈夫ですって。旦那の舌は確かですから、まだなめていませんよ。あっしにはわかります」

「そうかな」

「そうですよ。子供の頃、似たようなことがあったのを覚えてますかい」

文之介はしばし考えた。

「ああ、あったな」

「あれと同じですよ。あのときだって、結局は旦那の舌の確かさがはっきりしたんじゃ、ありませんか」

もう十数年も前のことだ。お春が、藤蔵からもらってきた飴（あめ）を文之介たちにくれたことがあった。

そのときは文之介と勇七だけでなく、ほかの遊び仲間も一緒だった。みんな、その飴のおいしさに驚き、うまいうまいと跳びはねるようにして食べたものだ。

誰もがどこのなんという飴か知りたがった。

お春がさっそく藤蔵にきいてきたものの、藤蔵は知らなかった。知り合いからのもらい物で、飴を三増屋に置いていった人は、相模（さがみ）小田原まですでに旅に出てしまっていた。

それだったらと、みんなでこの飴がどこの店のものか、確かめてみようということになった。

しかし、子供のことでほとんどの者がすぐにやめてしまった。

しかし文之介はあきらめなかった。そして、ついにやり遂げたのだ。

もっとも、それはお春への想いのためでもあった。

お春は、この飴をとても恋しがっていたのだ。

だから、途中、やめてしまおうなどと一度も考えたことはなかった。

きっとこの江戸のいずこかにあると信じて、探し続けたのだ。

「一度、太呂吉の野郎が、これじゃねえかっていうのを持ってきたんだよなあ。あれは、味も形もよく似ていたぞ」

「ええ、あっしはこれだって正直、思いましたもの」

勇七が文之介を見つめる。

「でも、旦那はちがうって一人、いったんですよねえ」

「まあな」

文之介は鼻の下を指でこすった。

「そっくりだったけれど、太呂吉の飴には、ほんのちょっと苦みがあったんだ。甘みをだすためにわざとなにか入れてあったんだろう。まあ、あのくらいは当たり前のことで、自慢にもならねえよ」

勇七が楽しそうな笑みを浮かべる。

「それにしては旦那、ずいぶんと鼻がのびてますよ」

「鼻が高えのは生まれつきだ」

「そうですねえ、旦那はご隠居にそっくりですから」

「親父の鼻は高くねえだろう」

「そんなこと、ありませんよ。旦那と同じくらいですよ。旦那の鼻は、ご隠居譲りですから」

文之介は丈右衛門の顔を思いだした。いわれてみると、高いような気がしてきた。

「まあ、いいや。――でも勇七、あのときはお春が喜んでくれたよなあ」

「ええ、まったくですねえ。表情が光り輝いていましたねえ。女の子は、自分のために男の子がなにかしてくれると、やっぱりうれしいんですねえ」

「そうなんだろうな」

文之介はお春に思いをめぐらせた。今、なにをしているのか。まさか、嘉三郎の手に落ちたなどということはないだろうか。

いや、そんなことがあってたまるか。きっとこの手に取り戻してやる。

「お春ちゃん、今、どこにいるんですかねえ。こんなに心配かけちゃあ、やっぱりいけませんや」

「そういうな、勇七」

文之介はやんわりといった。

「お春は大丈夫さ。俺は、必ず見つけてみせる」

「あっしもできる限りの力添えをさせてもらいますよ」

「おう、頼むぞ、勇七。当てにしているからよ」

「ええ、まかせておいてください」

「よし、勇七、その意気だ。行くぞ」

文之介の足取りはずいぶんと軽くなった。

「旦那、頭のほうは大丈夫ですかい、ふらふらしませんかい」

「ああ、お春のことを考えたら、吹っ飛んでいきやがった」

「そいつはなによりですねえ」

勇七がほほえむ。

「お春ちゃんは、旦那に一番の効き目がある薬ですねえ」

「まったくだな」

文之介は体に力がみなぎっている。これなら、きっと嘉三郎をお縄にできるにちがいない。

だがその思いとは裏腹に、なんの手がかりもつかむことなく、この日もあっけなく暮れていった。

三

肝神丸を扱う店は、広鎌屋以外に、もう一つある。

綿巳屋（わたみや）といい、浅草広小路（あさくさひろこうじ）を北に行った日輪寺（にちりんじ）という寺のそばにある。

丈右衛門は、広鎌屋のあるじのひろ江が教えてくれた者たちからなにもつかめなかったら、あらためてそちらにまわってみようと思っている。

今は、と丈右衛門は考えた。とにかく広鎌屋の筋だ。

なんといっても、嘉三郎は広鎌屋から肝神丸を手に入れているからだ。

これはやはり、広鎌屋に対してなんらかの伝（つて）があったからではないか。なにかあったからこそ、広鎌屋を選んだ。

住みかが広鎌屋のほうが近かった。ただ、それだけのことにすぎないのかもしれない。そのほうが考えやすいが、今は広鎌屋の筋を手繰ってゆく以外、丈右衛門のなかに思い浮かぶものはない。

実際に、きっとなにかつかめるという思いが心に根を張っている。

今日は朝からすでに、八人から話をきいた。

いずれも、ひろ江が父親の新右衛門の知り合いとして教えてくれた者だ。

ここまではいずれも空振りだ。

だが、この程度のことは、まったく気にならない。探索というのは、空振りの連続ということを熟知しているからだ。

剣の試合でも、振っているうちに間合がつかめ、自分でも思ってなかったほどの会心の一撃が、ものの見事に相手を打ち据えるということがある。

それと似たようなものだろう。

だから、地道に話をきき続けていれば、これは、とずしりとした手応えがあるなにかを手中にできるのではないか、そんな気がしている。

それでも、疲れは隠せない。丈右衛門としては認めたくないが、やはりこれは歳を取ったということなのだろう。

若い時分なら、こんなことはまず考えられなかった。午前のうちに、へばりがきてしまうなど。

丈右衛門は茶店を見つけ、赤い毛氈の敷いてある縁台に腰をおろした。

ほう、と息をつく。

座っているのが、これほど心地よいとは信じられない。立ちあがるのが、億劫になっている。

このままではいかぬ。もう一度、体を鍛えあげねば。

まだ若いことは若い。お知佳との暮らしもうまくいっている。

しかし、衰えが蔓のように体を覆ってきているような気がする。

どうしてなのか。やはり隠居してから、歩かなくなったのが大きな理由だろう。現役の同心だったときは、毎日毎日、歩き通しだった。

それが今では、どんなに歩いたところで、せいぜい一里くらいではないか。

それが毎日ならばまだいい。一里歩くようなことは、滅多にない。

これからは毎日、歩くことにしよう。

丈右衛門はかたく決意した。

以前、衰えは足からくる、と先輩同心がいっていた。

本当にその通りだ。

よし、本当に毎日歩くぞ。雨が降っても雪が積もってもだ。

茶店の小女が注文を取りに来た。丈右衛門は茶と饅頭を頼んだ。

小女はすぐに持ってきて、縁台の上に置いてくれた。

「ありがとう」

丈右衛門は礼をいって、茶をすすった。

「うまいなあ」

体に染み渡るようだ。こんなにおいしいものを、いったい誰が考えたのか。

日本に茶をもたらしたのは、確か栄西和尚（ようさいおしょう）だ。鎌倉の頃、宋（そう）の国に渡り、茶の種を持ち帰ったときいている。最初は、薬として用いられたとのことだ。

宋の国に行って、帰ってくる。いうのはたやすいが、きっと多くの苦難があったにちがいない。今でも海を渡るのは多大な危険をともなうはずだが、鎌倉の頃ならなおさらだろう。

果たして、と丈右衛門は思った。わしにできるか。

いや、無理だ。自分のような凡人に、決してできることではない。

そういうことが行える人でありたいという願望はあるが、冒険めいたことは好みではない。

むろん、栄西和尚は茶の種を持ち帰るために宋の国に行ったわけではない。日本の仏教を立て直すために渡航したと耳にしたことがある。

とにかく茶を持ち帰り、日の本に住む者たちが楽しめるようにしてくれた功績は、ひじょうに大きい。

茶を飲むと、気持ちが落ち着く。これだけでも仕事の進みがちがう。

仕事をはじめる前に、茶を一杯喫するという習慣は、おそらくこの茶の効能からきているのだろう。

となれば――。

丈右衛門は静かにすすり、湯飲みを見つめた。この茶も、探索をうまく進める薬になってくれるのではないか。

朝、屋敷を出る前に、茶は飲んできている。お知佳がいれてくれる茶は実にうまい。

だが、その効力も先ほど切れてしまったのだろう。

しかし、失った分はこうしてまた補うことができた。

これで大丈夫だ。

丈右衛門は饅頭に手をのばした。小さな饅頭だが、皮がしっとりしていて、いい香りが漂ってくる。

かぶりついた。

餡にさほどの甘みはないが、こくがあり、口中にゆっくりとやわらかな旨みが広がってゆく。

「うまい……」

これしかいいようがない。

疲れているというのもあるのだろうが、この茶店の饅頭は美味だ。

ここでつくっているのだろうか。

気になり、茶のおかわりをもらったとき、小女にきいてみた。

つくっているわけではなく、近所の菓子屋から仕入れているのだそうだ。

「前は自分たちでつくっていたんですけど、こちらのお饅頭がとてもおいしいので、自分たちでつくることはないとやめてしまいました」

菓子屋の名は香乃子屋。鹿の子とかけているのだろうか。

小女がていねいに場所を教えてくれる。

「ありがとう、そのうち行ってみるよ」

「お饅頭以外にも、たくさんおいしいものをつくっていらっしゃいますから。でも、お饅頭だけはこちらで是非、召しあがりくださいね」

「承知した」

茶を飲み干して丈右衛門は立ちあがり、代を支払った。

しばらく休んだことに加え、美味な茶と饅頭の効き目が出ているのか、体は軽く感じられた。

いいぞ。やはり茶は薬なのだろう。

丈右衛門は実感した。

心身ともに、元気になっている。これならば、きっと探索もうまく進むにちがいない。

自信を持った。

丈右衛門は懐から一枚の紙を取りだした。広鎌屋のひろ江が口にした人名が羅列されている。

全部で二十五名。

新右衛門の親しい友垣とはすべて会った。これから、近しい間柄だった人に会うつもりでいる。むろん、住みかが近ければ、新右衛門の知り合いや取引先にも足を運ぶつもりでいる。

丈右衛門は動きまわった。足には力強さが宿り、人に会い、話をきくことはひじょうに楽しかった。

だが、これは、という話を得ることはできなかった。

よし、ここを最後にするか。

すでに夕暮れの気配が漂いはじめている。腹も減った。

帰りが遅くなると、お知佳も心配するだろう。

丈右衛門が立ったのは、廻船問屋の前だ。薬種も扱っている。ここは広鎌屋とじかに取引があったわけでない。

広鎌屋の取引先がここから仕入れており、薬種のことならと、この廻船問屋を教えてくれたのだ。

名は、津伊勢屋。この名からして、伊勢国の津に本店があるのだろう。

それにしても、なにか妙だな。

店構えを見て、丈右衛門は感じた。

いったいなにが気に障るのか。

考えてみたが、よくわからない。直感としかいいようがない。

ここは霊岸島だ。酒をもっぱらに商っている店が多いが、こういう他の物品を扱う店も珍しくはない。

霊岸島は丈右衛門の縄張ではなかった。だから、この店を目の当たりにするのもはじめてだ。

どういう店なのか。

見た目はまったくふつうの廻船問屋だ。右手にある水路の河岸に多くの小舟がつけられている。筋骨が隆とした男たちが荷物を次から次へとおろしている。その姿は疲れを知らない蟻のようだ。

帳面を手にした手代らしい者たちが忙しげに立ち働いている。そちらは、荷と荷のあいだを舞い飛ぶ蝶々のようだ。

どうも怪しいな。

うさんくささといえばいいのか。

丈右衛門は自分の直感を信じるたちだ。ときにしくじりもあったが、勘が命ずるままに動いて成功したほうが、はるかに多い。

廻船問屋でうさんくさいといえば、と丈右衛門は思った。まずまちがいなく抜け荷が絡んでいる。

今日は、話をきくのはやめたほうがよさそうだ。

この店に関し、なにも知らずに飛びこんでゆくのは、無謀だろう。

そんな気がしてならない。

四

車軸。

誰がたとえたか知らないが、よくぞいったものだなあ。

文之介は心から感心した。

「本当にそんな感じだものなあ」

「なにがですかい」

勇七が横からきく。

「この雨のことさ」

「雨がどうかしましたかい」

勇七が空を見あげる。

「ちっとは明るくなってきましたかねえ。いや、まだまだですねえ」

空は暗いままだ。大粒の雨が間断なく降り続いている。

地面には大きな水たまりがいくつもでき、子供たちが泥遊びでもしているかのような、激しい水音が立っている。

文之介と勇七は、雨宿りの最中だ。一軒の商家の軒下を借りている。道をはさんだ向こう側でも、多くの人たちが雨のあがるのを待っている。

江戸者のほとんどは傘を持たないから、にわか雨があると、いつも同じ光景が繰り返される。

「そのようなところではなく、お入りください」

商家の奉公人が出てきて、文之介たちに勧めた。

「むさ苦しいところでございますが、お茶を召しあがりください」

「いや、いいよ。厚意だけ受け取っておくことにする」

文之介はていねいな口調で断った。

「しかし……」

「いや、本当にいいよ」

「さようでございますか」

奉公人は申しわけなさそうな顔で、やや濡れはじめた暖簾をくぐってゆく。

「茶くらい馳走になってもよかったんだけどな」

文之介は勇七にいった。

「ええ」

「でも、俺たちになかに入られては、店の者に気兼ねが出てくるだろう。だから断ったんだよ」

「ものはいいようですねえ」

勇七がにやりとする。文之介はどきりとした。

「なにが」

「旦那、あっしが見抜いたことは、もうわかっているんでしょう」

「なにを見抜いたっていうんだ」

「旦那は、ただ、こうして雨を見ていたいだけでしょうに」

勇七が言葉を続ける。

「旦那はどうしてか、子供の頃から雨を眺めているのが好きでしたよねえ。特に、こういう土砂降りは大好きで、いつも食い入るように見ていましたね。今の目つきは、子供の頃と変わりありませんよ」

「そうなんだよなあ」

文之介は認めた。

「どうしてだか自分でもわからねえんだけど、激しい降りを見ていると、血が騒ぐんだよ」

「もしかしたら、ご隠居譲りかもしれませんよ」

「父上だと。父上が雨を好きだなんて、きいたこと、ねえぞ」

「あっしも知りませんけど、なんとなくそんな気がするんですよねえ」

文之介は考えてみた。

いわれてみれば、強い降りの日、一人濡縁に出てあぐらをかいた丈右衛門が、じっと身じろぎせずにいたことが幾度もあった。

文之介にしてみれば、まだ現役だった父が探索などでつまって、気分を変えるために雨に濡れる庭を眺めていたと思っていたのだが、もしやちがうのか。

「勇七のいう通りかもしれねえ」

「でしょう」

勇七は弾んだ顔になった。

「勇七、どうしてそんなにうれしそうなんだ」

「だって、旦那がご隠居に似ているのがわかるのは、あっしにとって最上の喜びですからねえ」

文之介は笑いを漏らした。

「相変わらず大仰な野郎だぜ。そんなのが最上の喜びなんざ」

「大仰ってことはありませんよ」

勇七が軒先から顔を突きだした。

「おっ、小降りになってきたようですよ」

「本当だな」

地面を叩く雨粒は小さくなり、水柱もさほどあがらなくなっている。絶え間なかった降りも、切れ目がわかるようになった。

「空も明るくなってきましたよ」

灰色の重い雲の大半はまだ江戸の上を去ろうとしていないが、西の空のほうはだいぶ雲が薄くなり、陽射しが入りこめそうな隙間ができつつある。

「もうすぐあがるな」

「四半刻くらいでしたかね」

「そのくらいだな」

「夏の夕立みたいな降りでしたねえ」

「まったくだ。季節はずれの大雨ってやつだな」

「しかし、その分、天気がよくなるのもはやそうですね。旦那、男心と秋の空といいますけれど、そんな感じっていってていいんでしょうね」

「まあ、そうなんだろうな」

文之介は勇七に目を転じた。

「しかし勇七、男心より女心のほうが変わりやすいと思わねえか」

勇七が深くうなずく。

「いわれてみれば、そうですねえ。そのうち、女心と秋の空ってふうに、変わるかもしれませんよ」

やがて、空を覆っていた灰色の雲は、大岩が動くように重たげに東のほうへ去っていった。

代わって、つややかに輝く太陽が薄い雲のあいだから顔を見せた。

江戸の町は鮮やかな明るさに包まれ、建物や水たまりが光を弾いて、まともに目を向けられない。

「いやあ、晴れあがりましたねえ」

「ああ、とてもいい天気だ。さっきの雨が嘘みてえだなあ」

文之介たちは商家の者たちに礼をいって、道を歩きだした。

「旦那、いいことがある、前触れなんじゃありませんか」

「勇七、いいことというな」

文之介は笑みを浮かべた。

「実は、俺も同じことを考えていたんだ」

「そうだったんですかい」

勇七が白い歯を見せる。

「あっしらは相変わらず、気の合う二人ですねえ」

「本当だな」

近くの蕎麦屋で昼飯にした。はじめて入る店だったが、構えが老舗っぽかったので文之介は期待した。

しかし、その店では、腹だけを満たすことになった。

「くそっ、はずれだったな」

「そうですね。ああいう店も、ときに当たっちまいますねえ」

「しくじりだ。なにかいやなことが起きる前触れじゃねえか」

「そんな大袈裟な」

「でも勇七、俺は食い物にかけては鼻が利くんだ。それがはずれたってことは、なにかいやなことがあるにちがいねえんだ」

「そうかもしれませんけど、旦那、なんでもいいように考えましょうや。禍福はあざなえる縄のごとし、といいますからね、あっしはきっといいことがある兆しの一つだと思いますよ」

「そうだな、明るく考えたほうがいいものな。よし必ずいいことがあるぞ」

文之介は大きく声にだしていった。


「御牧の旦那」

富岡八幡宮のある深川門前仲町の近くまで来たとき、ぬかるんだ大通りを走ってきた男に声をかけられた。はねがあがり、男は顔まで泥だらけだ。

「すみませんが、そこの自身番までいらしていただけませんか」

誰だい、こいつは。文之介は手ぬぐいをだし、男の顔をふいてやった。

知った顔が出てきた。門前仲町の自身番で小者をつとめている男である。

「ああ、すみません。畏れ入りやす」

「そんなのはかまわねえが、なにかあったのか」

「ええ、近くの料亭でちょっとした騒ぎがあったんです。騒いだ男たちをあっしたちが、自身番に連れてきたんですけど、そのうちの一人が御牧さまを呼んでほしい、というんです。御牧の旦那を知っているのなら放っておけず、あっしは御番所まで走ろうとしていたんです」

「俺の知り合いか。名を名乗ったのか」

「ええ、才右衛門さんと」

「なんだって」

文之介は勇七と顔を見合わせた。

「ああ、やはりご存じでしたか」

「まあな」

文之介と勇七は男に導かれて、ぬかるんだ道を駆けた。あっという間に着物が汚れ、顔にもはねがかかった。

ほんの一町ばかり走ったところで、小者が足をとめた。

「御牧さまをお連れしました」

自身番に向かっていった。

「おう、はやかったね」

年老いた町役人がうれしそうに出迎えた。文之介を認める。

「これは御牧さま、ご足労をおかけして、申しわけないことにございます」

「別にいいってことよ」

文之介は鷹揚(おうよう)にいった。

「本所、深川は俺の縄張だからな、急をきいて駆けつけるのは当たり前だ」

「ああ、でもこんなに……」

町役人が、手ぬぐいをつかって文之介と勇七の着物をふいてくれた。まるで母親のようなやさしさだ。

「すまねえな」

「ありがとうございます」

文之介は、三畳ほどの畳敷きの間にいる男に目を向けた。

紛うことなく、お克の亭主の才右衛門だった。正座している。

相変わらず上質な着物に身を包み、折り目正しさが感じられる。

「手前のことでお呼びして、申しわけないことにございます」

才右衛門が畳に額をこすりつけるようにした。

「いや、そんなのはかまわねえ。顔をあげてくれ」

やや間を置いて、才右衛門がその言葉にしたがう。

「どうした、なにがあった」

文之介はあらためてきいた。

「実は……」

才右衛門が自分の隣にいる男を指し示す。男は才右衛門より歳はいっているようだが、まだ四十には届かないだろう。

この男も、身につけているものは相当に上等だ。大店の主人という雰囲気を、自然にまとっている。

かなり落ちこんでいる様子で、じっとうつむいたままだ。

「こちらは縮緬問屋を営む竹柴屋さんとおっしゃいまして、うちの大の取引先にございます」

才右衛門が、竹柴屋さん、と小声で呼びかける。

「先ほどお話しした、御牧さまがお見えですよ」

呼びかけられた男が、はっとして顔を起こす。目が文之介をとらえる。背後の勇七も認めたようだ。

「手前は竹柴屋十五郎と申します。どうぞ、お見知り置きを」

そういって体を深く折り曲げる。十五郎からは酒がにおった。

昼間から飲んでいたのか、と文之介は思った。さすがにいい身分だぜ。

「それで、いったいなにがあった」

「はい」

才右衛門が答えたが、十五郎がそれを制し、蟻の吐息のような小さな声で説明をはじめた。

「もうちっと大きな声で頼むぜ」

文之介は十五郎にいった。本当にきき取れない。

「あっ、はい、申しわけないことにございます」

十五郎が身を縮める。

「こちらの宗像屋さんと、先ほどまで手前は遠賀という料亭で飲んでおりました」

いわゆる接待というやつだな、と文之介は思った。

「うん」

「遠賀は、手前がずっと以前から贔屓にしている店でございます。どの料理も実にきめ細かい工夫がなされていて、ひじょうに美味でございます。お酒も吟味されており、すごしても悪酔いするようなことはほとんどございません」

これだけいうのだから相当うまいんだろうなあ、と文之介は遠賀という料亭に行ってみたくなった。

「これまで宗像屋さんを遠賀に招待しようとしていましたが、互いの都合が合わなかったりして、なかなかうつつのことにならずにいたのですけれど、今日、ようやくそのときがやってきたわけにございます」

「待ちに待っていた日というわけだったんだな」

「はい、おっしゃる通りにございます」

十五郎が我が意を得たりとばかりに、強い口調でいった。

「手前、あまりにうれしくて、調子に乗って飲みすぎてしまったようにございます」

「それでは、才右衛門さんが騒いだとか、そういうわけではないんだな」

「はい、さようにございます」

十五郎が深くうなずく。

「宗像屋さんは、なにもしておりません。悪いのは手前にございます」

十五郎がうなだれる。母親に叱られた子供のような風情だ。

「おめえさん、いったいなにをしたんだ」

「宗像屋さんは手前にとって、一番大事なお得意さまにございます。ですので、手前はただ、喜んでいただきたかっただけにございます」

なかなか要領を得ないが、どういうことかを文之介は解した。

遠賀という料亭で、竹柴屋十五郎は飲みすぎてなんらかの騒ぎを引き起こした。遠賀の者たちは心ならずも自身番に知らせることになり、十五郎は引っぱってこられた。見すごすわけにはいかず、才右衛門も一緒についてきた。

きっとこういうことだろう。

うしろで勇七も同じことを考えたのがわかった。

文之介は才右衛門に眼差しを移した。

「飲みすぎて騒いだ竹柴屋の取り計らいを穏便におさめてほしいということで、おまえさん、俺を呼んだんだな」

そういうことにございます、というように才右衛門が頭を下げた。

「しかし、どうして騒いだ。わけは」

文之介は十五郎にただした。

「それが些細なことで、実に恥ずかしいのでございます」

十五郎がうなだれる。

「遠賀がうまい味噌汁をださなかった、ただそれだけのことにございます」

「味噌汁だと」

文之介はほとんど叫んでいた。ずっと味噌をなめ続けてきて、味噌汁はもう一滴たりとも飲みたくはなかったが、もしやこれはつながってゆくのではないか、という予感を抱いている。直感にすぎないが、きっとこれこそ天佑だろう、と思った。

大声をだした文之介を、才右衛門と十五郎が驚いて見ている。

「すまねえ。それで」

「はい、遠賀の味噌汁はそれはそれはおいしいのでございます。締めの味噌汁としてはあれ以上のものはございません」

「そうか」

文之介は相づちを打ち、先をうながした。

「手前は、宗像屋さんにどうしてもあの味噌汁を飲ませたかった。しかし、実際に出てきたのは、似ても似つかぬ味噌汁でございました。最高においしい味噌汁ですから期待してください、と手前は宗像屋さんに申しあげておりました。それなのに、あんな味噌汁をだされて……」

面目丸潰れといったところか。気持ちはわからないでもないが、それで自身番に連れてこられるような騒ぎを起こしたというのなら、本当に些細なことだ。

しかし、すでに文之介の気持ちは先走ろうとしている。

「その味噌汁だが、どんな味なんだ」

「はあ。おいしいことはおいしいのですが、どこの店でもだせるような代物にございます」

「そうじゃねえ。遠賀がいつもだしていたという、もともとの味噌汁のほうだ」

「あっ、はい、失礼いたしました。そちらはひじょうに甘みがあって、とろっとしております。得もいわれぬというういい方が、ぴったりくる味噌汁にございます」

文之介は振り向いた。目が合い、勇七がうなずく。まずまちがいありませんよ、と瞳が告げている。

よし、勇七もそう思っているのなら、確かだろう。

「遠賀だが、どこにある」

「はい、この近くにございますが……」

十五郎が文之介の問いの意図をはかりかねたか、言葉を濁す。

　思いを抑えてきく。


「道筋を教えてくれ」

　承知いたしました、といって十五郎が伝えてきた。

　頭に絵図を思い描いた文之介は町役人に目を投げた。今すぐに自身番を飛びだしたい
思いを抑えてきく。

「遠賀だが、誰か怪我人が出たのか」

「はい、一人」

「怪我は重いのか」

「いえ、手にすり傷を負っただけだそうにございます」

「訴える気か」

「いえ、そういう気持ちがあるのでしたら、こちらで御牧の旦那をお待ちしていたはず
にございます」

「じゃあ、訴える気はないんだな」

「さようにございます」

「遠賀では、ほかにどんな被害があった」

「襖が何枚か破られたそうにございます。あと壁にいくつか大きな穴も」

　けっこう派手にやったんだな、と文之介は十五郎を見て思った。

「それは弁償できるな」

十五郎に問うた。

「はい、もちろんにございます」

十五郎ははっきりと答えた。

「だったら、これで落着と考えていいか」

文之介は町役人にたずねた。

「はい、それはもう」

「じゃあ、これで行ってもいいな」

文之介は才右衛門に確かめた。

「はい、ありがとうございました。まことに助かりました」

「なあに、いいってことよ」

文之介は笑顔で二の腕を叩いた。

「またなにかあったら、まかせてくれ。お克にもよろしくいってくれ」

「承知いたしました」

才右衛門が深く辞儀する。

文之介は町役人に目を戻した。

「これでまたなにかもめるようなことがあったら、そのときはまた俺に知らせてくれ。頼んだぞ」

文之介は自身番を勢いよく出た。

泥が激しくはねあがったが、気にならなかった。うしろに続く勇七も同じだろう。

五

十五郎の言葉は正確で、遠賀はすぐにわかった。

自身番から、ほんの一町ばかりにすぎなかった。

瓦(かわら)ののったどっしりとした門が、まず目を惹(ひ)く。風雪に耐え続けてきたのがわかる木の塀が、ぐるりをめぐっている。

あけ放たれている塀を入ると、玉砂利(たまじゃり)が敷きつめられていた。そこを歩いてゆくと、入口にぶつかった。

文之介は訪(おとな)いを入れた。

「お待たせいたしました」

女中らしい女が出てきた。文之介を見て、はっとする。

文之介は、竹柴屋のことで来たわけでないのを告げた。

「さようでございますか」

「ああ、この店も竹柴屋を訴える気はねえんだろ」

「はい、そのように主人からうかがっております」

「それならいいんだ」

文之介は安心させるようにいった。

「きいてえことがあって来たんだが、いいかな」

「はい、どのようなことでございましょう」

「竹柴屋は、いつもとちがう味噌汁が出てきたことに、怒ったんだな。これにまちがいはないな」

「はい、まちがいございません」

女中の顔に、やっぱり竹柴屋のことで来たのではないか、という色が浮かんだ。

「今もいったが、竹柴屋の件をききに来たんじゃねえんだ。俺はずっとある味噌を探していてな、この店の味噌汁のことでちょっと引っかかるものを覚えたんだ」

「引っかかるものにございますか」

「そうだ。この店では、今日、前と異なる味噌をつかったのか」

「今日と申しますより、ここしばらくずっとにございます」

「いつからだ」

「かれこれ半月になります」

「前の味噌はどうして、つかわなくなったんだ」

「つかわなくなったのではございません。つかえなくなったのでございます。このところ、まったく入らないのでございます」

「どうして入らぬ」

「仕入れ先のほうで、品切れとの由にございます」

「品切れはよくあったのか」

とんでもないといわんばかりに、女中が首を振る。

「もう何年もつかい続けてきましたけれど、はじめてのことにございます」

「そうか」

文之介は納得した。

「いつもつかっていた味噌が入らず、ほかの味噌で代用するしかなかったのか」

「はい、さようにございます。できるだけ近い味のものを選んだのでございますが、なかなかうまくまいりません。まったくちがう味の味噌を、すっぱりとつかうべきだったと今は後悔しております」

あれ、と文之介は思った。背後の勇七も同じことを感じたようで、ほんの少し前に出かけた。

「おまえさん、女将か」

「さようにございます」

そういって名乗った。

「かえ、と申します。よろしく、お見知り置きのほど、お願い申しあげます」

「こりゃまた、ずいぶんとていねいなものいいだな」

文之介は名乗り返した。勇七も紹介する。

「それで、その味噌なんだが、どこのものなんだい」

「はい、近江は坂本の味噌にございます。筒井味噌と申します」

「有名な味噌なのか」

「いえ、まず知っている方はいらっしゃらないでしょう。なにしろ、少ししかつくられていない味噌でございますから」

文之介は懐に手を突っこんだ。丈右衛門から借りている『京洛名品綱目』を取りだす。

近江の味噌だったか、とひらきながら文之介は思った。『京洛名品綱目』の近江の項に、しっかりと筒井味噌は載っている。これまで、京か奈良の味噌と思いこみ、見すごしていた。

考えてみれば、近江坂本といえば比叡山延暦寺の門前町として、いにしえから栄えた町ではないか。

うまい味噌が醸されていても、まったく不思議はない。

「ここには、その筒井味噌は残っていねえのか。なめてみたいんだが」

文之介は申し出た。

「相すみません」

おかえがすまなそうにする。

「あの味噌はすべてつかい切ってしまいまして、指の先ほどすらも残っていないのでございます」

「そうか、それならしようがねえな」

文之介はおかえを見つめた。

「筒井味噌の仕入れ先を教えてくれるかい」


文之介は勇七とともに駆けた。

一刻もはやく、坂江屋という物産問屋に着きたいとの思いで一杯だ。

おかえによれば、筒井味噌を扱っている店は江戸ではただ一軒、坂江屋だけとのことだった。坂江屋は、近江の物産だけを仕入れ、売りさばいているという。

「旦那、やはりいいことがありましたね」

勇七が、明るく輝く太陽を見ていう。

「まったくだな」

文之介は息を弾ませて同意した。

「勇七、ここだな」

文之介たちが足をとめたのは、深川富久町だ。

「ええ、そのようですね」

勇七が、建物の上に掲げられた看板を見あげている。そこには、大きく『坂江屋』とあった。

大店では決してない。むしろこぢんまりとした構えだ。

さほど盛っている様子も感じられない。

しかし内証は裕福なのではないか。

そんな思いを文之介は抱いた。

「よし、入ろうぜ」

文之介は静かに暖簾を払った。勇七がついてくる。

文之介たちはせまい土間に立った。

「いらっしゃいませ」

手代らしい奉公人が近づいてきた。すぐに文之介が町方役人であることを、見て取ったようだ。

「お疲れさまにございます」

深々と腰を折る。

「なにか、御用でございましょうか」

「おう、そうだ。御用で来たんだ」

文之介は店のなかを見まわした。

小売りはどうやらしていないようで、客らしい人の姿はない。

土間の先は、畳敷きの座敷が広がり、店囲いがいくつか置かれているなかで、奉公人たちがそろばんを弾いたり、帳面を繰ったりしている。

「どのような御用でございましょうか」

「筒井味噌を扱っているな」

「はい」

手代は答えたが、表情を曇らせた。

「あの、筒井味噌がご入り用なのでございますか」

「いや、いらねえよ」

手代がほっとした顔を見せる。

「さようでございますか。あの味噌は売り先が決まっておりまして、よそさまにはなかなかお売りできないものでございますから」

「その売り先というのは、料亭の遠賀か」

手代が驚いた顔をする。

「ご存じでございましたか」

「まあな」

文之介は鼻の頭を指でこすった。

「今、筒井味噌はあるのか。あるのなら、なめさせてもらいてえんだ」

手代が申しわけなさそうにする。

「今、品切れなのでございます。一応、近江の本店からは、明日入荷するとのつなぎはもらっているのでございますが、船で運ぶために、日程についてはあまり当てにはできないのでございます」

そういうものなんだろうな、と文之介は思った。

「別に、わけてほしいといっているわけじゃねえんだ。樽に少しでも残っていねえか。味がわかればいいんだ」

「はい、申しわけなく存じますが、手前の一存ではいかんともしがたいものですから、上の者にきいてまいります。しばらくこちらでお待ち願えますでしょうか」

手代が座敷にいざなう。

「いや、ここでいいよ」

文之介は、土間の隅に置いてある長床几を指さした。

「いえ、しかし、このようなところにお役人を――」

「なーに、かまわねえよ。それより、はやいところ、きいてきてくれ」

文之介はさっさと長床几に腰をおろした。

「は、はい。承知いたしました」

手代が座敷にあがり、奥のほうに小走りに駆けてゆく。

すぐに一人の初老の男を連れて、戻ってきた。

「お待たせいたしました」

初老の男がいって、腰を折った。

「手前があるじの喜多右衛門にございます。どうか、お見知り置きのほどを」

「おう、よろしくな」

文之介は名乗り、勇七の名も伝えた。

そのとき軽い足音がきこえた。

見ると、八つくらいの女の子がこちらに駆けてきたところだった。

「おとっつあん」

そういって喜多右衛門に抱きつく。

「こらこら、こっちに来ちゃいけないっていってあるだろう」

やさしく抱きあげていう。

「だっておとっつあんがいないと、寂しいんだもん」

喜多右衛門が目尻(めじり)を下げる。

「おみつはこんなに大きくなったのに、いつまでたっても甘えん坊だなあ」

「そんなこと、ないよ」

「おみつ、今、こうしてお役人がお見えになっている。お仕事の邪魔になるから、向こうに行っていなさい」

「はーい」

文之介と勇七をちらりと見て、おみつという娘はその場から姿を消した。

「ききわけのいい、素直な子じゃねえか」

「ありがとうございます。ようやくできた一人娘でございます」

「元気でなによりだ」

文之介は表情を引き締めた。

「それで筒井味噌を、なめさせてもらえるのかい」

「樽の底のほうに、わずかに残っているものしかございません。それでよろしゅうございますか」

「ああ、かまわねえよ」

文之介と勇七は、奥のほうに招き入れられた。大樽の前に立つ。味噌の甘い香りが鼻をくすぐってゆく。

この甘みの感じは、と文之介は思った。あの味噌汁とよく似ているな。期待がぐっと高まる。

「それにしてもでけえな」

樽を見あげていた文之介は、喜多右衛門を振り向いた。

「これで味噌汁、何人分くらい、あるんだ」

「さようですね、三千人分くらいは、優にあるものと」

「そんなにか」

三増屋に残っていた樽は、と文之介は思った。これほど大きなものではなかった。だが、相当の人に毒入りの味噌が出まわった。

くそう、嘉三郎のやつめ。

憎しみがふつふつとたぎってくる。この手でとらえたくてならない。その瞬間を一刻もはやく手にしたい。

「旦那、どうしたんですかい、うなってますよ」

文之介は勇七を見た。

「本当か」

「ええ、犬みたいでしたよ」

「犬ってやつは、いつも鼻をくんくんさせているよな。鼻が利くのかな」

「そうなんでしょうね」

「それならいっそ、俺は犬になりてえ」

「そうすれば、嘉三郎のあとをたどって、やつの隠れ家に行けるからですかい」

喜多右衛門が体をぴくりとさせた。嘉三郎という言葉に、体が自然に動いてしまったようだ。なにかあると文之介は覚った。

「そういうことだ」

文之介はさりげなさを装っていった。勇七が合わせる。

「でも、旦那は犬じゃありませんからね。地道に探索しないと」

「ああ、よくわかってるさ」

文之介は喜多右衛門に目を当てた。

「味噌をくれるか」

「承知いたしました」

喜多右衛門が奉公人に命じ、味噌を取ってくるように命じた。梯子(はしご)をのぼった奉公人が樽のなかにすっぽりと姿を消した。すぐに再びあらわれた。

文之介のもとに、皿にのった味噌がもたらされる。

「本当に最後です。底のほうをこそげ取ってきました」

奉公人にいわれ、文之介はすまねえなとねぎらった。

じっくりとにおいを嗅ぐ。やはりあの味噌汁とよく似ている。

期待がさらにふくらむ。動悸がはやくなり、胸が痛いほどだ。

「よし、いただくぜ」

文之介は指先にほんの少しつけた。そっとなめてみる。

まちがいねえ、この味噌だ。

確信を持った。

それでも慎重を期して、もう一度、舌でじっくりと味わう。

まちがいねえ。

文之介は、どうなんですかいとききたいのを我慢している様子の勇七を見た。

深くうなずいてみせた。

「じゃあ、この味噌なんですね」

「ああ」

「やりましたね、旦那」

「まあな」

文之介はいったが、すぐに気持ちを引き締めた。

「だが勇七、こいつはただ一歩、進んだにすぎねえぞ」

「わかってますよ。でも、あっしはすごくうれしいですよ。旦那がこの味噌を探し当てるのに、どれだけ苦労を重ね、苦心したか、よくわかってますからねえ」

勇七の喜びようを目の当たりにして、文之介の心は和んだ。

「勇七のおかげさ」

「あっしはなにもしてませんて」

「ここまでたどりつけたのは、勇七の励ましがあったからこそだ」

文之介は皿を奉公人に返し、喜多右衛門に向き直った。

喜多右衛門の表情はかたい。頰のあたりに引きつりも見られる。

「この味噌だが、近江は坂本の産ということで、まちがいねえか」

「はい、まちがいございません」

喜多右衛門が答える。

「この味噌は、ほんのわずかしかつくっていねえらしいな」

「はい、その通りにございます。この樽は年に一度しか、入ってきません」

「仕入れはじめて、どのくらいになる」

「はい、江戸店(えどだな)ではちょうど十年になります。うちが江戸に支店をだしたのが、十年前で、そのときすでに扱いはありました」

「そうか」

文之介は目に真剣な光を宿した。喜多右衛門の表情がさらにこわばる。

「おめえ、この男を知っているか」

懐から嘉三郎の人相書（にんそうがき）を取りだし、手渡した。

見入った喜多右衛門の顔が変わる。

「知っているようだな」

ぶるぶると首を振る。

「存じません」

「嘘をつくな。おめえはまちがいなく知っている。嘉三郎に筒井味噌を売ったな」

「売っておりません」

「あくまでもしらを切る気か。ということはだ、嘉三郎というのがどういう男か、よく知っているってことだな」

文之介は決めつけた。

「勇七、しょっ引くぞ」

「お待ちください」

喜多右衛門が懇願の姿勢を見せる。

「こんなところではなんですので、奥にいらしてください」

奉公人の目が気になるようだ。

「よかろう」

文之介と勇七は、座敷に導かれた。

「今、お茶をおだしします」

「いや、けっこうだ」

文之介は手をあげて制した。

「嘉三郎の話をしようじゃねえか」

正座した喜多右衛門がうなだれる。

「嘉三郎に筒井味噌を売ったんだろう。ちがうのか」

喜多右衛門が大石でもぶらさげているかのように、重たげに顔をあげる。

「売っておりません」

文之介の言葉を封じるように、すぐに続けた。

「脅(おど)されて、無理に譲らされたのです」

文之介は腰を浮かせかけた。

「脅されただと。どういうことだ」

「先ほどのおみつです。嘉三郎にかどわかされたのです」

「まことか」

「はい。ありったけの筒井味噌をよこさないと、娘を殺すといわれました。それで仕方なく、すべての筒井味噌をあの男にやりました。娘は無事に戻ってきましたから、味噌は無駄にはなりませんでした」

「おみつがかどわかされたことを、どうして番所に届けなかった」

「もし届けたら、娘の命はないといわれましたから」

喜多右衛門が目を畳に落とす。

それでも届け出てほしかった。そうすれば、やつを捕縛できたかもしれない。

だが、喜多右衛門の気持ちもわかる。届けなかったことを、責めることはできない。

「おみつがかどわかされたのは、いつのことだ」

「はい、かれこれ一月ほど前でございましょうか」

時期としては符合している。

そのあと、嘉三郎は藤蔵をだましにかかったのだから。

六

これまで、津伊勢屋という廻船問屋の店の名が丈右衛門の耳に入らなかったのは、縄張ちがいだからだ。

それ以外に理由はない。

丈右衛門は、再び南町奉行所の大門をくぐり、母屋に足を踏み入れた。

小者に、又兵衛の部屋に導かれる。

味のない茶をすすっていると、又兵衛があらわれた。

「待たせた」

丈右衛門の真ん前に正座する。

「どうした、丈右衛門、顔がかたいな。珍しいではないか」

「顔がかたいのは、桑木さまのほうではないのか」

「どういうことだ」

丈右衛門は、笑みを漏らさざるを得なかった。

「相変わらず芝居が下手だ」

又兵衛がどきりとし、すぐに苦笑する。

「おぬしの目はごまかせんな」

「それはそうだろう。いつからのつき合いと思っている」

「そうであったな」

又兵衛が丈右衛門の茶の残りを飲み干し、顔を近づける。

「まずい茶だ。よく飲めたな。——丈右衛門、津伊勢屋のことだな」

「そうだ、吾市からきいたか」

「ああ。おまえさんからきかれたと、昨日、報告があった」

又兵衛が渋い顔になっている。

丈右衛門は昨日、町廻りに出ていた吾市に会い、津伊勢屋のことをきいたのだ。

津伊勢屋には一度、抜け荷の疑いがかかり、調べようとしたことがあったが、それは上の者の命で取りやめになったのだという。

「丈右衛門、吾市からきいたと思うが、津伊勢屋に関しては一度、上から探索をやめるように、命令が出たことがある」

「上の者というと」

「わかるだろう」

又兵衛の上というと、あとは町奉行しかいない。

「かのお方は、なにゆえ探索をやめるようにいわれた」

「それもわかるであろう」

町奉行が抜け荷に関わっているというのか。いや、あり得ぬ。

となると、どういうことか。

考えられるのは、町奉行にも上からの力がかかったということだ。

町奉行を威圧し、したがわせることができる者。

老中若年寄くらいのものか。あとは御側御用取次あたりか。

そのうちの誰かが津伊勢屋の商売に荷担し、甘い汁を吸っているということか。

許せないが、今、考えるべきことは嘉三郎のことだ。抜け荷に関与していて、無事にすむはずがない。その者は、いずれ破滅するに決まっている。

「すると、町奉行所は手だしできぬということか」

又兵衛は答えない。気持ちがせめぎ合っているのがわかる。

「丈右衛門、まさか無茶をする気ではあるまいな」

「無茶だと。なんのことだ」

「とぼけるな」

又兵衛が指を突きつける。

「おぬしが考えていることなど、わしにはお見通しだ」

「桑木さま、とめるか」

又兵衛が指を力なくおろす。

「とめたからといって、やめるような男ではあるまい」

丈右衛門はにこやかに笑った。

「いろいろと教えてもらい、感謝する」

すっくと立ちあがった。体に力がみなぎっている。

又兵衛も立った。うらやましそうに見つめる。

「丈右衛門、おぬし、いつまでも若いな」

「桑木さまも若いさ」

丈右衛門は襖の引手(ひきて)に手をかけた。


酒の香がぷんとにおう。

ここに来ると、いつもだ。

丈右衛門は霊岸島に足を運んだ。

酒は好きだし、昼間に飲むのは大のお気に入りだが、さすがに今日は口にしようという つもりはない。

緊張があり、心なしか口中が渇いている。こんなことは滅多にない。

命にまで危険が及ぶかもしれぬことを、肌が知っているのだ。

丈右衛門は、今日は刀を帯びている。屋敷を出る前に、しっかりと手入れをしてきた。

刀身におかしなところは一切なかった。面倒くさがらず、これまで手入れを怠らなかったのが吉と出たようだ。

しかし、やり合うようなことはあるまい。

丈右衛門はそう踏んでいる。

やがて、足をとめた。扁額を見あげる。津伊勢屋と大きく出ている。昨日と同じく、人足たちや手代が忙しく立ち働いている。

よし、行くか。

丈右衛門は暖簾を上にあげ、土間に入りこんだ。

鋭い目を感じた。目を向けると、一人の男が立ちあがり、帳場格子から出ようとしているところだった。

丈右衛門のほうに近づいてくる。沓脱で雪駄を履く。

丈右衛門は自ら近寄った。

「どちらさまでしょうか」

言葉はていねいだが、瞳の奥にどこか狡猾そうな光が見えている。

丈右衛門は名乗り、元定町廻り同心であるのを告げた。

「さようですか」

男に畏れ入ったような色は見えない。背後に幕府の要人がついているという、自信のあらわれか。

「それで、なに用でございましょうか。こちらには、お武家がご入り用の物はありませんが」

「おまえさんは、何者だい」

丈右衛門はかまわずきいた。男がやや鼻白んだ顔つきになる。

「手前は、この店の番頭でございます」

「名は」

「岩蔵（いわぞう）といいます」

「あるじにあいたい」

「お約束でございますか」

「いや、そんなものはない」

「でしたら、お引き取りください。あるじは忙しい身でして、お約束がないと会うことはできません」

「そんなにもったいぶるな。御牧丈右衛門が来たといえば、必ず会いたがるに決まっている」

「あるじとは旧知の間柄、ということにございますか」

「そうではない。だが、おそらくあるじはわしのことを知っているはずだ。はやく取り次いでくれ。いるのだろう」

渋々という顔で、番頭の岩蔵が奥に行く。

すぐに戻ってきた。

「お目にかかるそうです。どうぞ、おあがりください」

座敷に通された。

丈右衛門は正座し、腰から抜き取った刀を畳に置いた。畳からはいいにおいがしている。まだ替えて間もないようだ。

茶がだされた。まさか毒が入っているということもあるまい、と丈右衛門はゆったりと喫した。

いい茶葉をつかっていた。こくがあり、あと口に爽快さを感じた。

「失礼します」

さほど待つようなことにはならないと思っていたが、予期していた以上にはやくやってきた。

襖が横に滑る。がま蛙のような顔つきをした男が顔をのぞかせた。

頭を下げ、丈右衛門の前に進んできた。

「お待たせいたしました」

「いや、待ってなどおらぬ」

「さようでございますか。ならば、急いでまいった甲斐があったというものでございます」

しみじみと丈右衛門を見る。

「噂の御牧丈右衛門さまにございますか。お会いでき、とてもうれしゅうございます」

男が丈右衛門の湯飲みをちらりと見る。

丈右衛門は手をつけないのではないか、と思っていたようだ。

「おまえさん、茶葉に凝っているのか」

「いえ、そのようなことはございません」

丈右衛門をうかがうように見る。

「お代わりをお持ちいたしますか」

「うむ、頼む」

男が奉公人を呼び、茶をもう一杯、持ってくるように命じた。

丈右衛門は顎をなでた。

「ところで、おまえさんはなんというんだ。名を教えてくれ」

実際には吾市からすでにきいている。

男が、あっけにとられた表情になった。

「手前の名をご存じないとおっしゃるのですか」

「初対面だからな」

「さようでございましたな」

それでも男が認めがたいという顔をする。

「手前は、郷之助(ごうのすけ)と申します。お見知り置きを」

「こちらこそよろしくな」

丈右衛門は郷之助を観察した。見れば見るほど、がま蛙だ。大きな目は横に流れるように垂れていて、唇は上下とも分厚い。頬もでっぷりとしている。

余分な肉がいたるところについている体は、いかにも重たげだ。動くのは、相当大儀だろう。

「それで、御用件は」

郷之助がしびれを切らしたようにいった。

「それだ」

丈右衛門は郷之助の顔をじっと見た。

「おまえさん、嘉三郎という男を知らぬか」

「嘉三郎さんですかい」

郷之助が思案する。ふりかもしれない。

「何者です」

「極悪人さ」

さらりといって丈右衛門は懐から人相書を取りだし、手渡した。

郷之助が一瞥(いちべつ)して、返してきた。

「存じませんなあ」

「もっとよく見てくれ。そうすれば、思いだすかもしれん」

「何度見ても同じことだと思いますが」

それでも郷之助は手に取った。

ちらりと表情が動いた。

「思いだしたようだな」

丈右衛門は鋭く声を発した。こういうときは呼吸が大事だ。相手に息つく暇を与えないほうがいい。

「えっ」

「いつ会った。知り合いなのか」

「いえ、知り合いというほどの者ではありません」

「見知ってはいるんだな」

「ええ、まあ。思いだしましたよ」

郷之助が首をひねる。

「でも最後に会ったのは四年以上も前ですからねえ」

「どういう用件で会った」

郷之助が首筋をなでる。

「いやあ、覚えていませんねえ」

「嘉三郎が極悪人であるのを承知で会ったのか」

「とんでもない」

郷之助が大きくかぶりを振る。

「知っていたら、会ってなどいませんよ」

「誰かの紹介か」

「そいつも覚えがありませんねえ」

「そうか」

郷之助はすっかり余裕を取り戻している。丈右衛門は静かに息をついた。

「嘉三郎の居場所を知っているか」

「いえ、存じません。知る由もありませんから」

郷之助は真実を告げているのか。

わからない。ここで、郷之助を締めあげたところで、なにも吐くまい。

丈右衛門は、今日のところはおとなしく引きあげることにした。いや、その前にきくことがある。

「この店では、薬種を扱っているとのことだが、確かか」

「ええ、まあ」

「日本各地から、いろいろな薬を運んでくるのか」

「南蛮からのものもあるのか。たとえば、阿蘭陀だ」

「ええ」

「ええ、ございますよ」

不承不承という感じで、郷之助が答える。

「肝神丸というのはどうだ」

郷之助が顔をしかめ、思いだそうとしている表情になる。芝居なのか、そうでないのか、判然としない。

「さあ、うちでは扱っていないと思いますけど……その薬は阿蘭陀渡りなんですか」

「そうだ」

「あっしはきいたこと、ないですねえ」

「そうか。おまえさん、広鎌屋という店は知っているか」

「ええ、薬種を扱っているところで、あの店を知らなかったら、もぐりですから」

郷之助が広鎌屋のことを知っている。それだけでも収穫だ。

薬種問屋のなかで広鎌屋が知る人ぞ知る店であることを嘉三郎が知ったのは、郷之助からかもしれないのだ。

仮に、嘉三郎が広鎌屋に肝神丸があることを知らなかったにしろ、母親のために試しに行ってみようと考えても決して不思議はないだろう。

「忙しいところを邪魔したな」

丈右衛門は畳の上の刀を手に、立ちあがった。郷之助を見おろす。

「おまえさんの背後についている、公儀のおえらいさんは誰なんだ」

郷之助が顔をしかめ、むっとした。

「なんのことですかい」

丈右衛門は微笑した。

「今さら隠すこともあるまい。番所に、この店の探索をせぬよう力で抑えこもうとした者のことだよ」

「なんのことでございましょう」

「あくまでもとぼけるか」

丈右衛門は笑いをおさめた。

「とぼけていられるのも、今のうちだな。津伊勢屋、楽しみにしておくことだ」

丈右衛門は腹を揺するように笑ったのち、静かに襖を閉めた。

呆然という表情を張りつけた郷之助の顔が、視野からゆっくりと消えていった。

第三章　うどん屋の名

一

筒井味噌こそが、嘉三郎が藤蔵をだますために用いた味噌だ。

筒井味噌に肝神丸をまぜ、三増屋に納入させたのである。

そこまではわかった。

その先が、文之介にはわからない。

どうして嘉三郎は、筒井味噌という、すばらしい味噌があることを知ったのか。

『京洛名品綱目』に載っていたから、というのは理由にならない。

ほかにいくらでもうまそうな味噌が記載されているからだ。

その味噌を、坂江屋という物産問屋が取り扱っているということを、嘉三郎はなぜ知っていたのか。

坂江屋のあるじの喜多右衛門は、おみつという娘をかどわかされるまで、嘉三郎という男を知らなかった。

その言葉にまず嘘はない。

それなのに、どうして坂江屋は嘉三郎の標的とされたのか。

坂江屋が筒井味噌をおろしている先は、料亭の遠賀、ただ一軒だけだそうだ。

嘉三郎が遠賀に足を運んだことがあるとするなら、筒井味噌をそこで知ったかもしれないが、遠賀の女将は、筒井味噌のことを他の人に話すことは滅多にないといっていた。よその店に知られ、あれだけの味噌が流れてしまうことをひじょうに恐れていた。

遠賀の女将は、嘉三郎のことを知らないともいっていた。つまり、嘉三郎は遠賀の常連ではないということだ。

遠賀を訪れたことがあるにしても、せいぜい一、二度だろう。親しいとはいえない嘉三郎に、遠賀の奉公人が筒井味噌のことを話すとはとても思えない。

ここまで探索を進めてきたのに、わからないことが多すぎる。

嘉三郎をとらえるためには、どうでもいいことにすぎないのかもしれないが、このあたりのことをはっきりさせない限り、あの男のもとへはたどりつけないのではないか。

そんな思いが文之介のなかで強い。

どうすれば明かすことができるものなのか。

町奉行所に出仕し、詰所(つめしょ)の文机(ふづくえ)の前に座って文之介はずっと考え続けてきたが、今のところ答えは出ない。

今日はどうするか。

嘉三郎が罠に用いた味噌がわかった以上、味噌探しは終わりを告げた。

そこから先をどうするか。

わからねえな。

いや、わかっているのではないか。

嘉三郎が目をつけた、なにかが坂江屋にはあるということなのではないか。

嘉三郎は、坂江屋が遠賀にしか筒井味噌をおろしていないことを知っていたのではないか。

あの味噌は金では買えない。ならば、強奪するしかない。

だからこそ、娘をかどわかすようなことまでして、筒井味噌を手に入れた。

しかし、と文之介はあらためて思った。味噌を手に入れるために、果たしてそこまでやるものなのか。

手立てを選ばない嘉三郎ならやりかねないとの思いは消せないが、いくらなんでもやりすぎなのではあるまいか。

嘉三郎は実は、坂江屋にうらみでも抱いているのではないか。標的にしたというのは、そういうことなのではないか。

坂江屋を一度、じっくり調べねえといけねえな。

よし、今日は勇七と一緒にそれに取りかかってみるとするか。

文之介は決意し、立ちあがった。刀架から刃引きの長脇差を取り、腰に差す。

「御牧さま」

声のしたほうを見てみると、小者が詰所の入口にたたずんでいた。

「どうした」

文之介は近づいていった。

「桑木さまがお呼びです」

「わかった。今行く」

どういう用件なんだろう、と文之介は考えつつ長屋門の外に出た。

「桑木さまは、なにかおっしゃっていたかい」

文之介は先導する小者にたずねた。

「いえ、なにもおっしゃっていませんでした。ただ……」

小者が口ごもる。

「どうした、はっきりいえ」

「お城から、二人の徒目付(かちめつけ)が来ています。そのことが関係しているのかもしれません」

「徒目付が……」

俺は徒目付に目をつけられたのか。もしそうだとしたら、いったいなにがだろう。思い当たるものはない。

石畳を踏んで、母屋へと向かう。

母屋にあがり、廊下を渡った。

「桑木さま、御牧さまをお連れしました」

襖越しに小者が声をかける。

「入れ」

はっと答えて、小者が襖をあける。

「失礼します」

文之介は一礼し、敷居を越えた。小者が去ってゆく。

部屋には又兵衛一人だ。浮かない顔をしている。

「座れ」

又兵衛が文机の前を示す。文之介はしたがった。

又兵衛が声をひそめる。

「お城より、二人の徒目付が来た。貫太郎という子供のことだ」

貫太郎だと、と文之介は思った。どうしてこんなところに貫太郎が出てくるのか。

「と申されますと」

文之介は慎重にきいた。

又兵衛が軽く顎を引く。

「文之介は貫太郎という子供のことを知っているのか」

「はい」

「どういういきさつで知り合った」

文之介はどうすべきか考えた。

ここはすべて正直に話してしまうのがいいだろう、という結論にすぐ達した。又兵衛をごまかすなど、してはならぬことだ。

貫太郎は子供掏摸で、つかまえることなく更生させたことを伝える。

「今、うどん屋で一所懸命働いています」

又兵衛がじろりとにらむ。さすがに迫力があり、文之介は背筋がぞわっとした。

「文之介、わしに一言の相談もなかったな。どうしてだ」

「申しわけなく存じます。失念していました」

又兵衛が苦笑する。

「嘘の下手な男だな。誰に似たんだ。文之介は、わしに迷惑がかかることを恐れたのだろう。だが、いいか、いわぬほうが迷惑がかかるのだ。文之介、肝に銘じておけ。わかったな」

「はい」

文之介はうなだれるしかなかった。浅慮だった。

「徒目付がおまえに会いたいといっている。事情をきくつもりだ。貫太郎という掏摸をどうして見逃したのか」

そのとき襖の向こう側に、人が立った気配がした。

「桑木どの、まだかな」

暗い声が部屋に染み入るように、きこえてきた。

又兵衛が首をすくめる。仕方あるまい、という顔をした。

「文之介、すべておまえの判断にまかせる。わしは立ち合えぬゆえ。行ってこい」

「承知いたしました」

文之介は立ちあがり、襖を横に引いた。

二人の侍が廊下に立っていた。地味な格好をしているのがまず目を惹くが、それ以上に表情というものが感じられないのが相当、気味悪い。顔自体、くすんだような肌の色をし、造作がよくわからない。ただ、目だけには異様なぎらつきがあり、粘っこそうな感じを文之介に与えた。

徒目付は役人の働きぶりなどを監視することが役目の一つなので、町奉行所にもよく姿を見せる。なにもいわず、瞬きしない目をじっと光らせて、定町廻り以外の同心たちの仕事ぶりを見ているのは、文之介も知っている。

だから、文之介も薄気味悪さはよくわかっていたが、目の前の二人はこれまで見たなかで、最も気持ち悪い者といっていい。

体を引いて、距離を保ちたくなる。文之介はなんとか耐えた。

「御牧文之介どのだな」

一人がきいてきた。

「さよう」

文之介は言葉短く答えた。

「ききたいことがある。一緒に来てもらおうか」

「どちらへ」

「こちらには、穿鑿部屋があろう。そこできくことになっている」

「穿鑿部屋というのは、罪人が事情をきかれる部屋でしょう」

文之介はやんわりと抗議した。

一人がかぶりを振った。

「文字通り穿鑿を目的とする部屋で、入れられる者は罪人とは限らぬ」

なにをいっても無駄なようだ。文之介は廊下を進みはじめた。文之介の前後をかためて、徒目付が歩く。

穿鑿部屋の前に来た。しかし、まさか自分がここで取り調べられることになるとは、夢にも思わなかった。

板戸がきしむ音を立てて、あけられる。

「入りなさい」

文之介はいわれ、したがった。

暗い部屋だ。しかもせまい。徒目付の一人が隅の行灯(あんどん)に火を入れた。ぼんやりとした灯りに壁が照らされ、薄汚いしみがやけに明瞭(めいりょう)に見えた。部屋は夕闇ほどの明るさに包まれている。

文之介は板敷きの上に正座した。二人の徒目付も同じようにした。

二人とも背筋がぴしりとのびて、意外にきれいな姿勢だ。

文之介は見直す思いだった。

「用件は桑木どのよりきいたと思うが、いかがか」

一人が問うてきた。文之介はうなずきを返した。

「はい、うかがいました」

「それではさっそく問うてゆく。すべて正直に答えてもらいたい」

「はい、承知いたしました」

文之介は、なんとしてでも貫太郎を守らねばならぬという気持ちで一杯だ。

「貫太郎という子供掏摸を知っているな」

いきなり本題に入る。

「はい」

文之介は落ち着いて答えた。

「貫太郎と知り合ったいきさつを、まず話してほしい」

文之介は告げた。

きき終えて、二人の徒目付が瞳を光らせる。

「ということは、貫太郎をとらえず、見逃したことにほかならぬのだな」

「はい、確かに見逃しました」

文之介はあっさりと答えた。

「ならば、罪を認めるというのだな」

「罪ですか。いったいなんの罪にございましょうか」

「とぼけるのはやめてもらおう」

一人が語気鋭くいう。

「おぬしは定町廻り同心にもかかわらず、掏摸をとらえなかった。掏摸は四度、つかまれば死罪となる。おぬしは、貫太郎を一度はつかまえた。貫太郎は十五に満たぬとは申せ、つかまったという証の入れ墨をせねばならぬのは明白。貫太郎はしてあるのか」

「しておりませぬ」

文之介は静かに答えた。

「どうしてしなかった」

「してしまうと、まずいことになるからです」

「まずいことだと。どういうことだ」

文之介は穏やかな口調で続けた。

「貫太郎はいずれ、手下の一人にしてつかうつもりでいます。なにしろ、それがしには
その手の者が一人もおらぬゆえ」

「岡っ引にしようというのか」

文之介はそっと首を振った。

「岡っ引は、ご公儀より禁じられており申す。それがしにその気はござらぬ。ただの手
下にござる」

「しかし、今はうどん屋ではないか」

「それでござる。今、貫太郎はかの店で、修業をしているにすぎませぬ。町廻り同心
の手下では、食べていけませぬ。今、他の同心の手下となっている者のほとんどは、手
に職を身につけているか、煮売り酒屋や一膳飯屋など、なんらかの職を持つ女房に食べ

させてもらっているかのどちらかです。まだ子供にすぎぬ貫太郎には、手に職をつけてもらいたいと、それがしが願ったにすぎませぬ」

文之介は言葉を切った。

「それで」

一人がいらだたしげにうながす。

「お二人は、うどん屋に入ったことがおありか」

「それがどうした」

「でしたら、うどん職人が袖(そで)をまくりあげて、うどんを打っているのはご存じですね。入れ墨を誇示するようにうどんを打つのでは、客は入りませぬ」

「だから、貫太郎に入れ墨をしなかったというのか」

「さよう」

「なるほどな」

一人が、おもしろくなさそうな顔で顎を引く。

「貫太郎は長じたら、おぬしの手下になるとのこと。とすれば、いずれ掏摸仲間を多く捕縛することになろうな」

「むろん。片っ端からということになりましょう」

嘘をつくのはいやだったが、文之介は笑みを浮かべていった。

「きっと、江戸から掏摸はいなくなります」

「ずいぶんと大口を叩くではないか」

「いえ、大口のつもりなど、一切ございませぬ」

文之介は口中が渇いているのを我慢し、笑みを浮かべた。

「貫太郎のことは、これまで誰一人として話しておりませぬ。お二人も、くれぐれも口外なきように、お願いいたします」

「我らの口のかたさは、おぬし、存じておろう」

「そうでございました。失礼を申しあげました」

文之介は頭を下げた。

顔をあげると、二人が同時ににらみつけてきていた。

「おぬし、例のうどん屋の親父とは、どういう関係だ」

不意にいわれ、文之介は戸惑った。

「関係といわれても、それがしはあの店の客の一人にすぎませぬ」

「だが、貫太郎を預けたではないか」

「親父が手をほしがっていたゆえ、貫太郎を薦めたにすぎませぬ」

「うどん屋の親父の名を知っているか」

文之介は首を横に動かした。

「いえ、存じませぬ」

「とぼけているのではあるまいな」

「いえ、決してそのようなことは、ございませぬ」

親父がどうかしたのだろうか。

文之介の胸のうちは波立っている。

「かの男、名は源一（げんいち）という」

そういう名だったのか。

文之介はあの親父にふさわしいように感じ、納得した。

しかし、徒目付があの親父の名を知っているというのは、どういうことか。

「あのうどん屋の親父が、どうかしたのですか」

「気になるか」

一人が底意地の悪そうな光を目にたたえてきく。

「それはもう。貫太郎を託した男のことですから」

「とらえた」

一人がぼそりとつぶやいた。

「どういうことにござるか」

「きこえなかったのか」

「どうして、とらえたのでござろうか」

「源一は以前、抜け荷にたずさわっていたという噂がある。それゆえ、とらえた」

「噂だけでとらえたのでござるのか」

文之介は驚き、問うた。

「無実が証されれば、むろん、すぐに放免することになろう」

「では、取り調べるために身柄を押さえたということにござるな」

「そうだ」

乱暴なやり方だな、と文之介は思ったが、それは口にはださない。

「しかし、貫太郎にせよ、源一にせよ、お徒目付のお二人が探索に乗りだすなど、いきなりどういうわけにござろうか。こんなことは滅多にないことではござらぬのか」

「滅多にないことではない」

一人が素っ気なくいった。

「どうして我らが探索に乗りだしたか、それはおぬしの知ったことではない」

二人が唐突に立ちあがる。文之介は見おろされる形になった。蛇ととかげににらまれたような気分だ。

「貫太郎に関し、おぬしの疑いは決して晴れたわけではない」

一人が宣するようにいった。

「いずれまた取り調べることになるやもしれぬ。よく心得ておくことだ」

二人が板戸をあける。もう一度、それが徒目付としてやらねばならぬことといわんばかりに、文之介に粘っこい眼差しを注いでから、穿鑿部屋を出ていった。

終わったのか。

文之介はまだ信じられずにいる。また二人が戻ってくるのではないか。

しかし徒目付は本当に去ったようだ。汗が一杯、出てきた。安堵の思いが全身を包んでいる。

文之介は廊下に出た。

又兵衛のもとに向かおうとして、足をとめた。又兵衛が立っていた。

「文之介、大事ないか」

「はい、ご心配をおかけいたしました。申しわけないことにございます」

「そんなことはどうでもよい。疑いは晴れたのか」

文之介は、去り際に徒目付が口にした言葉を伝えた。

又兵衛が小さく笑う。

「そいつは捨て台詞みたいなものよ。文之介に対する疑いはなくなったと見て、まずよかろう」

「さようですか」

その言葉は、素直にうれしかった。

「しかし桑木さま――」

「わかっておる、文之介」

又兵衛が、肩を叩いてきた。

「こんなところではなんだ、わしの部屋に戻ろう」

又兵衛が歩きだす。文之介はうしろに続いた。

又兵衛の部屋で、向かい合って座る。

「先ほど文之介がいったのは、どうして徒目付がいきなりあらわれたか、ということであろう」

「はい。そのことはきいてみましたが、答えませんでした」

そうであろうな、と又兵衛がいった。

「どうやら徒目付頭の屋敷に、投げ文があったようなのだ。密告というやつだな。徒目付衆にとっては、なんら珍しいことではないようだ。むろん、わしらも馴染んでいることといってよい」

又兵衛のいう通りだ。犯罪人をとらえる際、密告が捕縛のきっかけとなることはひじょうに多い。密告した者には、褒美が与えられるからである。

「投げ文の主は、誰でしょう」

わかっていたが、文之介はあえて口にした。

「嘉三郎であろう」

間髪を容れずに又兵衛が答えた。

「それがしもそう思います。しかし、あの男、どうして貫太郎のみならず、うどん屋の親父のことも知っているのでしょう」

「わからぬが、蛇の道は蛇、というところかな」

「うどん屋の親父は今、どちらに押しこまれているか、ご存じですか」

「ここよ」

「囚人置場ですか」

「ああ。藤蔵と一緒だ」

「会えますか」

又兵衛がすまなそうに首を振る。

「今は無理だ。だが文之介、約束する。すぐに会わせてやる」

又兵衛が力強くいいきる。

又兵衛の言なら信用できる。文之介は、そのときを信じて待つことにした。

二

津伊勢屋について、もっと突っこんで調べるべきか。

丈右衛門は考えた。

そうすれば、津伊勢屋と嘉三郎のつながりが見えてくるだろうか。

かもしれぬ。しかし、そうでないかもしれぬ。

津伊勢屋のあるじの郷之助は、嘉三郎に関しては真実を告げていたような気がしてならない。

となれば、津伊勢屋と嘉三郎のつながりは薄いものと見なければならぬ。

薄いか、と丈右衛門は思った。本当にそうなのだろうか。

ちがうような気がする。

もっと濃いものがあるのではないか。

それはなにか。

今はわからない。

やはり、津伊勢屋をとことん洗うべきなのか。

やってみるか。そうすれば、見えてくるものがきっとあろう。

「考え事はおすみですか」

お知佳に問われた。

丈右衛門ははっとした。手に湯飲みを持っていることに気づいた。

「ああ、終わった」

笑みとともにお知佳にいった。

お知佳は、いつものようにお勢をおぶっている。お勢はすやすやと心地よい寝息を立てている。

「いい方向に進みそうですか」

「進むさ」

丈右衛門は断言した。

「どうして、そういいきれるのでございますか」

「わしにはついているからだ」

「ついていると。なにがでございます」

「幸運をもたらす神さ。つまり、おまえさんのことだ」

照れを隠すために、丈右衛門は湯飲みを傾けた。

そのとき、人が玄関にやってきた気配があった。

丈右衛門を呼ぶ声がきこえた。あの声は、と丈右衛門は思った。

お知佳が立とうとする。

「いや、いい。わしが出る」

丈右衛門は足早に廊下を歩いた。

玄関に、おととい津伊勢屋の話をきいた吾市が立っていた。うしろに中間の砂吉が控えている。

「おはよう、吾市、砂吉」

吾市がいい、玄関の外に控えている砂吉が深々と腰を折った。

「どうした、こんなに朝はやく」

「御牧さんにお知らせしたいことがあって、まかり越しました」

「知らせたいことか。なにかな。いや、その前に吾市、あがるか」

「いえ、ここでけっこうです」

「そうか」

丈右衛門に無理強いする気はない。

「文之介ですが」

唐突に吾市にいわれ、丈右衛門はどきりとした。

「せがれがどうした」

吾市が唾をのんだか、喉を上下させた。

「今、徒目付に事情をきかれています」

「徒目付だと。どうしてだ」

「それがしもよくは知りませぬが、子供の掏摸に関することで、事情をきかれているようです」

子供の掏摸と丈右衛門は思った。以前、子供の掏摸を文之介が追っていた。それは知っている。

そのことで、徒目付に事情をきかれているというのは、どういうことか。

文之介は、その子供の掏摸をとらえることはせず、更生させる方向に持っていったはずだ。

そのことを、徒目付に嗅ぎつけられたということなのか。

きっとそうなのだろう。

だが、どうして今なのか。

丈右衛門は顔をしかめた。

まさか、嘉三郎の仕業ではないのか。やつの使嗾というのは、十分に考えられる。

嘉三郎は子供の掏摸のことを知っていたのだろう。闇の世に生きる者としては、当たり前のことにすぎないのかもしれない。

いったいどこまで汚い男なのか。

丈右衛門は歯噛(はが)みしたい思いだ。

しかし、ここは冷静にならなければならぬ。

丈右衛門は、黙って見守っている吾市を見つめた。

「よく知らせてくれた。ありがとう」

「いえ、礼をいわれるほどのことではございませぬ」

吾市が丈右衛門を見つめる。

「それがしは今から番所に帰ります。同道せずともよろしいですか」

様子を見に来られることを、文之介はいやがるかもしれない。

だが親として、やはりせがれのことは心配でならない。

「連れていってくれるか」

「お安い御用です」

吾市がむしろうれしげにいう。

「吾市、しばし、待っていてくれ」

丈右衛門は、廊下の隅にたたずんでいるお知佳のもとに歩み寄った。

「きいたか」

「はい」

さすがに、お知佳は心配そうな顔をしている。母親の動揺を感じ取ったか、背中のお勢も目を覚ましている。

「ちと気になる。今から、番所に行ってまいる」

「文之介さんのことですから、私も一緒に行きたいくらいですが……」

「わかり次第、知らせる。待っていてくれ」

「はい、承知いたしました」

丈右衛門はお知佳を抱き締めたい衝動に駆られた。振り返る。

玄関にいる吾市の姿は見えない。

丈右衛門は腕をのばし、やわらかな体を包みこんだ。あっ、とお知佳が小さな声をあげる。

すばやく口を吸い、丈右衛門はお知佳から体を離した。

「では、行ってくる」

上気しているお知佳に告げ、体をひるがえした。

「待たせた」

雪駄を履き、丈右衛門は吾市とともに玄関を出た。砂吉が一礼する。

丈右衛門たちは急ぎ足で、町奉行所に向かいはじめた。

母屋に行き、吾市の先導で又兵衛の部屋に進む。

部屋にいた又兵衛は、丈右衛門がやってきたことに驚かなかった。

ということは、吾市を差し向けたのは又兵衛だったのだ。

「感謝する」

吾市が去り、又兵衛と向き合って座ってすぐに丈右衛門はいった。

「いや、当然のことだ」

「それで」

「文之介か、もう外に出た」

「それは探索に出たという意味か」

「そうだ」

丈右衛門は、湯に疲れが溶け出るように、緊張が体から抜けてゆく感じを味わった。

気持ちも軽くなる。

「かたじけない」

心から礼をいった。

「なんの、わしはなにもしておらぬ」

又兵衛がほほえむ。

「丈右衛門、あいつは成長したぞ。自らの力で切り抜けおった」

「そうか」

又兵衛にほめてもらい、丈右衛門は我がことのようにうれしい。

「きっと、おまえさんのような同心になるぞ」

「わしくらいでとまってもらっては、困るのだがな」

「おまえさんを超えろと」

「そうさ」

丈右衛門はさらりといった。

「しかし、おまえさんを超えろというのは、相当、骨だろう。いや、骨どころか、できることなのかどうか」

「目当てとなるものは高くしておいたほうが、人は成長するものさ」

又兵衛が目を丸くする。

「おまえさん、いうようになったなあ。人がちと変わってきたか」

「そんなことはあるまい」

「いや、あるさ。やはり若いおなごを嫁にしたからだろう」

丈右衛門は深くうなずいた。

「もしわしが変わったとするなら、その通りだろう」

又兵衛が身を乗りだし、小声でいう。

「そんなにいいものか」

「それはそうだ」

又兵衛が顔をあげ、ぼんやりとした目を天井に当てる。

「うらやましいのう。かといって、新しい嫁をもらうわけにはいかんしのう、悩みどころじゃ」

「おぬし、妾を考えているのではないか」

「いつも考えておる」

「しかし考えるだけなのは、怖いからか」

「そりゃ怖い。殺されるかもしれぬ」

「与力が殺されるというのは物騒なことこの上ないが、御内儀にそれだけ慕われているという証だろう」

「この歳になって、妻に慕われてもあまりうれしくはないのう」

「そんなことはなかろう。今でもぞっこんではないか。だからこそ、妾を持とうという気にならぬ」

又兵衛がむっとする。

「丈右衛門、おぬしはなんでもかんでも見抜きすぎだ」

話題を変えてきた。

「嘉三郎のことだが、これからどうするつもりでいる。隠居したおまえさんに、こんなことをきくのはどうかと思うが」

「津伊勢屋のことをもっと調べてみようと思う」

「そうか。昨日、一人で乗りこんだのか」

「ああ」

それをきいて、又兵衛が思案の表情になる。

「すまなかったな」

丈右衛門は先んじて謝った。

「なにがだ」

「おぬし、わしが勝手をしたせいで、上からまた叱責があるのではないか、と考えたのであろう」

又兵衛が苦笑する。

「ふむ、おまえさんをごまかすことはできぬな。その通りだ。しかし、そのようなことはなんでもない。おぬしは、もう厳密には奉行所の者ではない。なんとでもいいようがある」

又兵衛が真剣な瞳を向けてくる。

「それで、なにかつかめたのか」

「いや、まだこれといって手応えのあるものはなにもない」

「そうか」

丈右衛門は胸を叩いた。

「しかし、まかせておいてもらってけっこうだ。きっとおぬしを喜ばせるような手がかりをつかんでみせる」

なにしろおぬしには三千両の借りもあるゆえな、と心のなかで告げた。

三

よく寝たなあ。

文之介は寝床から起きあがった。

すっきりとした寝覚めだ。いつもいい眠りをしていると思うが、今朝は特にいい。

これなら、必ずいいことがあるにちがいねえよ。

もしかして、お春が見つかるのかな。もしそうだったら最高なんだが。

しかし、あの馬鹿娘。いったいどこでなにをしてやがるんだろう。

まさか、嘉三郎の手に落ちちゃ、いねえだろうな。

それが今、一番の心配事だ。

　文之介はお知佳の心尽くしの朝餉を腹におさめて、屋敷を出た。

　今日はずいぶんとあたたかだ。春のような感じすらする。空に雲はほとんどなく、邪魔者がいないことを喜ぶ風情で、太陽がご機嫌に輝いている。

　こりゃ、本当にいいことがあるかもしれねえな。

　お春以外であるとするなら、今のところ、二つだ。藤蔵と、うどん屋の親父の源一の放免である。

　しかし、まだそこまでは無理だろうか。それでも、又兵衛の尽力で、二人に会えるかもしれない。

　奉行所に着き、詰所で昨日の日誌を読んでいると、小者がやってきた。又兵衛が呼んでいるとのことだ。

「まさか、また徒目付が来たんじゃねえだろうな」

　小者のうしろを歩きつつ、文之介は一応たずねた。

「いえ、それはございません。なにか別の御用だと思います」

「そうか」

　となると、藤蔵か親父のどちらかに会えるということか。両方なら一番だが、そうはいかねえか。

　文之介は又兵衛の部屋に招き入れられ、正座した。

にこやかにいって又兵衛がじっと見る。

「よく眠ったようだな。いいことだ」

「おわかりになりますか」

文之介は目をみはった。

「当たり前だ。おまえのことは、赤子のときから知っている。なんでもお見通しよ」

「お見それいたしました」

「まあ、そんなことはどうでもよい。おまえを呼んだのはほかでもない」

期待を胸に、文之介は又兵衛に顔をぐっと寄せた。

「うどん屋の親父に会えるのですか」

「もっといいことだ」

やはり、と文之介はうれしかった。

「では、両方ですか」

「なんだ、両方と申すのは」

いって又兵衛が考える。

「ああ、三増屋にも会えるのか、ということか。いや、そうではない」

「さようですか。となると——」

文之介はひらめいた。

「うどん屋の親父の放免ですね」

「そうだ」

「三増屋も、ということはありませんか」

「残念ながら……」

文之介は肩が落ちた。嘉三郎がつかまり、完全に無実であることが証されない限り、藤蔵は無理であるのはわかってはいたが、やはり無念だ。

「しかし、うどん屋の親父だけでも出られるというのはいいことだろう」

「はい、桑木さまのおっしゃる通りです」

文之介は気持ちを立て直した。

「いつ親父は放免になるのですか」

「じきだ。うどん屋の者たちにも、すでに知らせは届いたはずだ」

「さようですか」

貫太郎たち、喜んだだろうなあ。

その情景を思い描き、文之介は胸が一杯になった。

「となると、貫太郎たちもこちらに来ることになりますね」

「まちがいなくな。文之介、貫太郎たちと一緒に親父を出迎えてやれ」

「承知いたしました。桑木さま、まことにありがとうございました」

文之介は深々と辞儀した。

「わしゃ、なにもしておらんよ」

又兵衛の謙遜の言葉をしっかりときいてから、文之介は部屋を飛び出た。

表門に向かう。

文之介と仕事に出るのを待って、勇七がそこにいた。

文之介は声をかけ、うどん屋の親父の件を伝えた。

「そいつはよかったですねえ。ほっとしましたよ」

勇七が心からの喜びを見せる。

「じき、貫太郎たちが来るはずだ。待っていようぜ」

文之介と勇七は門の外に出た。

待つほどのこともなかった。貫太郎やおえん、母親のおたきたちがあと一町ほどのところまで来ていた。

文之介は手を振った。

貫太郎がまず気づいた。土埃をあげて、あっという間に文之介たちのもとに駆けてきた。

「文之介の兄ちゃん、勇七の兄ちゃん」

抱きつく勢いだ。

「よかったなあ」

文之介は貫太郎の頭をなでた。

「うん、本当によかった」

おえんやおたきも来た。ほかの兄弟も顔をそろえている。

「ちょっとここで待っていてくれ」

文之介は門をくぐり、勇七とともに囚人置場のほうに行った。

囚人置場の役人が、ちょうど外に出てきたところだった。

「まいれ」

あけられた戸の奥に向かって声をかける。

男がよろよろと出てきた。太陽がまぶしいようで、目をしばたたかせている。

「親父」

文之介は呼びかけた。

一瞬、親父は誰の声なのか、わからなかったようだ。目を細めて、文之介を見た。

「これは旦那」

張りついていた氷が割れたような明るい笑みを見せる。

文之介は役人に一礼して、親父に近づいた。勇七がついてくる。

「よかったな」

「おめでとうございます」

「ありがとうございます」

「さあ、行こう」

文之介は親父の肩を抱くようにして、その場を離れた。

「手荒い扱いは受けてないな」

「はい、おかげさまで」

「そいつはよかった。取り調べはどんなだった。徒目付か」

「よくわかりませんが、目つきのあまりよろしくないお侍が二人でした」

「ねちねちときかれたんだろうな」

「いえ、まあ、さほどたいしたことはなかったですよ」

「ふむ、強がりでもなさそうだな。それにしても親父、おまえさんの名をついにきいたぞ」

親父が鬢をかく。

「ずっと黙っていたのに、まさかこんなことでばれるとは、思っていませんでしたよ。お恥ずかしい」

「別に恥ずかしいようなものじゃねえぞ。立派な名じゃねえか。今まで誰が知っていたんだ。貫太郎たちはどうだ」

「貫太郎やおえんは知りません」

「なるほど、おたきさんには話してあったのか。やるじゃねえか」

「やるってほどのことじゃあ、ございませんよ」

「謙遜だな。しかし、貫太郎たちは親父の顔を見たら、喜ぶだろうなあ」

親父が文之介を見つめる。

「もしや……」

ああ、といって文之介は顎をしゃくった。

「そこでみんなが待っているぞ」

文之介と勇七はほぼ同時にうどんを食べ終わった。

「やっぱり親父の打ったうどんは、うめえなあ」

「本当ですねえ」

文之介は丼を畳の上に置いた。店にはほかに客の姿はない。文之介と勇七だけがなかに入れられている。

「ありがとうございます」

親父が目の前に来て、頭を下げる。

「こうしてまた打てるようになったのも、旦那と勇七さんのおかげですよ」

「待ってくれ」

文之介はあわてていった。

「俺はなにもしちゃいねえんだ」

「あっしもですよ」

「でも、旦那方がいてくれたからこそ、はやく牢を出られたっていうのは、まちがいないと思うんですよ」

「だったらいいんだけどな」

「そうに決まってるよ、文之介の兄ちゃん、勇七の兄ちゃん」

横から貫太郎がいう。

「貫太郎がいってくれるんだったら、そういうことにしておくか」

「そういうことにしておこうよ。文之介はにこやかに笑った。波風も立たないでしょ」

文之介は噴きだした。

「貫太郎、いい言葉を知っているじゃねえか。誰に習った」

「手習所だよ」

文之介は見つめた。

「通いはじめたのか」

「そうだよ。つい半月前から」

「そうか。手習は楽しいか」

「まああだね」

「一所懸命やれよ。でなきゃ、俺みたいになにも知らねえ男になっちまうからな」

「文之介の兄ちゃんが、なにも知らないってことは、ないんじゃないの」

「そうかな」

「そうだよ。だから、次々にいろんな事件を解決できるんでしょ」

「あまり解決もできちゃいねえけど、俺がいつも考えていることは、一所懸命頭をつかって、さまざまに考えをめぐらすってことだけだ。貫太郎もそういうことを考えて、手習に励むといいかもしれねえな」

「うん、そうするよ」

文之介は親父に目を向けた。

「ちょっとききたいことがある。場所を移したほうがいいかな」

なにをきかれるか察したらしい親父が首を横に振る。

「いえ、ここにしましょう。みんなにもきいてもらいたいんで」

「じゃあ、そうしよう」

文之介はおえんが持ってきてくれた茶のおかわりを喫し、唇を湿した。

「おめえさんが徒目付に引っぱられた理由が、昔、抜け荷にたずさわっていたかもしれぬという理由だった。これは真実のことじゃねえから、なにごともなく牢を出られたということだけれど、そんな話が出たことを説き明かせるかい」

「ええ、できます」

親父が大きく首を上下させる。

「実際、あっしは抜け荷にたずさわったことがあるんですよ」

文之介は尻が浮くほど驚いた。勇七も驚愕を顔に張りつけている。貫太郎たちも同じ表情だ。

「親父、まじめにいっているのか」

「ええ、大まじめですよ」

「どういうこった、はやく話してくれ」

わかりました、と親父がいった。

「昔、あっしは船頭だったんですよ。自分でいうのもなんですが、腕のいい船頭で、稼ぎはなかなかのものでした。決まった船はなくて、船頭を頼まれるとその船に乗りこむという暮らしを続けていました」

雇われ船頭の話は、文之介も耳にしたことがある。腕に自信がある者ばかりだそうだ。

それにしても、と文之介は思った。親父は船頭だったのかい。源一という名もそうだが、なんとなく船頭という雰囲気を醸しているのはまちがいない。

貫太郎やおえん、おたきたちは固唾(かたず)をのんで親父を見守っている。

「五年ばかり前のことです、あっしは頼まれて新たな船に乗ることになりました。腕のいい船頭がほしい、賃銀は弾むということでした。本当にいい金が前金として支払われました」

親父が一息入れる。

「そのときに気づけばよかったんですけど、うしろ暗いことをさせられるのではないか、と思いついたのは、乗りこんだあとでした。あっしは弟の病などがあって、まとまった金がほしかったものですから、まわりが見えなかったんです。乗りこんでみると、その船には、はなからいやな感じがありました。案の定、それまで行ったことのない沖まで行く羽目になりました。抜け荷の手伝いをさせられたんです」

「そうか。よく無事に船をおりられたな」

「ええ、あっしも口をふさがれるのが怖かった。それで無事に湊(みなと)に着いたとき、わざと腕を折り、町の医者に手当を受けたんです」

「腕を自分で折ったのか。思い切ったことをしたな。俺にはとても真似できねえ」

「自分のたわけぶりに腹が煮え、また同じことを繰り返すまいと決意したんですよ。その後、手当をしてもらってから医者のもとを抜けだし、二度と船には戻りませんでした。

いえ、あれ以後、二度と船には乗っていません」

そういうことだったのかい、と文之介は思った。

「船をおりて、いきなり江戸に来たってわけじゃなさそうだな」

「ええ、弟のことがありましたから。腕が完全によくなる前に故郷に帰り、弟の看病をしました。でも、弟はその後、二月で死んじまったんです」

「そいつは気の毒だ」

「ありがとうございます。弟の葬式をだしてから故郷をあとにし、一時は上方に行きましたが、四年前、江戸に戻ってきました。それでうどん屋をひらきました」

「親父、故郷はどこだい」

親父がにっと笑う。

「どこだと思いますかい」

「讃岐か」

「ちがいます。あっしは安房の出です」

「阿波か。惜しいな、讃岐の隣じゃねえか」

「隣ですって」

親父が首をひねる。

「ああ、そっちの阿波じゃありません、上総の南の安房です」

「『南総里見八犬伝』で知られた土地だな。安房はうどんが名産なのか」

「いえ、そういうわけではありません。父親が讃岐の出だったんです。やはり渡りの船頭で、安房に来てめとり、安住の地を見つけたということのようです」

「うどんづくりは、父親に習ったのか」

「そういうことです。父親はうどん打ちの名人でした」

「おめえさんはその血を受け継いでいるんだなあ」

貫太郎の打ったうどんも食べて、文之介と勇七はうどん屋をあとにした。

嘉三郎を探しださなければならない。

「旦那、よかったですねえ」

「まったくだ」

「でも、牢に入った翌日に出られるなんて、本当によかったですねえ。滅多にあることじゃありませんよ」

「本当だよな。どうしてか、俺にもよくわからねえや。勇七のいう通り、とにかくよかったよ」

「それで旦那、これからどうしますかい」

「坂江屋のことを調べる」

「じゃあ昨日と同じですね」

「旦那は坂江屋さんのなにが気に入らないんです。あるじの喜多右衛門さんは実直そうで、虫も殺せないような人ですよ」

「そうだ」

「まあ、そうなんだけどな……」

「昨日、いってましたけど、いくら嘉三郎といえども味噌のために娘をかどわかしたというのは、やりすぎだと」

「うん。筒井味噌は確かにうめえ。だが、同じくらいの味で、藤蔵が知らねえ味噌はほかにもあるはずなんだ。娘をかどわかすより、そちらのほうがたやすいはずなんだがなあ」

「嘉三郎にとっては、娘をかどわかすほうが楽だったのかもしれませんよ」

「そういうふうに考えられねえこともねえんだが……」

「釈然としませんか」

「ああ。あのおみつという娘、喜多右衛門にべたべたしていたよな。しかもどこへ行くのにも自由だったな。もし勇七が一度、かどわかされた娘の父親として、あんな真似をさせられるか」

「いやあ、無理ですねえ。多分、怖くて誰かを一日中、張りつかせていますよ」

「そうだろう。それに、おみつには嘉三郎にかどわかされた暗さなど、微塵もなかった」

「ええ、明るいいい娘でしたねえ」

「それにだ、勇七。もし喜多右衛門が番所に届け出ていたら、嘉三郎はどうする気だったんだ。おみつは口封じする気だったのかもしれねえが、味噌はそれでもう手に入らねえぞ。俺たちにつかまる恐れだって、あったんだしな」

「そういわれると、ほんと、そうですねえ。じゃあ、本腰を入れて坂江屋さんを調べてみますかい」

「うん、勇七、そうしよう」

奉公人に話をきくわけにはいかない。おそらく喜多右衛門をかばうのではないか。誰に話をきけばいいか、文之介は熟考した。

「勇七、あのおみつという娘は、八つくらいだったな」

「ええ」

「だとすると、もう手習所に行っているんじゃねえのか」

「ええ、だいたいそのくらいの歳から行く子が多いですねえ。じゃあ、旦那、手習所に話をきくんですかい」

「そうだ。かどわかされたんなら、しばらく手習所を休んでいたことになる。休んでいなかったら、かどわかされていねえってことだな」

おみつが通っている手習所を見つけるのは、造作もなかった。

石脇堂といった。石脇重造という浪人が手習師匠をしていた。

もう手習は終わり、手習子たちは一人もおらず、教場はがらんとしていた。端に天神机が積みあげられている。手習子たちが手習が終わったあと、積んでゆくのだ。幼い頃、文之介も同じことをした。

「それで、御用件は」

正座した重造が文之介にきく。

「実は、この手習所におみつという娘が通っているというんで、話をききに来ました」

「ほう、おみつのことで。なんでござろうか」

「一月ばかり前、おみつという娘が迷子になってしまったんです。歳は八つ。それがしは二親から頼まれて探しているのですが、もしやこちらに通ってきている娘が、この町内の誰かに預かってもらっているということはないでしょうか」

「それでしたら、うちのおみつとはちがいますぞ。うちのおみつは、坂江屋という店の一人娘ですから」

「一月ばかり前、その坂江屋さんに、急に八つの一人娘ができたなんてことは、ないのですね」

「ありませんとも」

重造が断言した。

「その坂江屋のおみつですけど、一月ばかり前、本当にこちらに通ってきていましたか」

文之介は、疑り深さを面にあらわして、きいた。

重造がむっとする。

「むろん。あの娘は元気で、風邪も滅多に引かん。一月前も、手習所が休みの日以外、元気に通ってきておった」

これがきければ十分だった。文之介は重造にときを取らせた礼をいい、石脇堂をあとにした。

「やっぱりおみつちゃん、かどわかされてなど、いなかったんですねえ。ということは、旦那、どういうことなんですかい」

勇七がうしろからたずねる。文之介はゆっくりと振り向いた。

「喜多右衛門が嘉三郎に脅されたというのは、まずまちがいねえと思うんだ。だからこそ、一年に一度、一樽しか入らねえ貴重な味噌を嘉三郎に渡した。喜多右衛門はなにを種に、嘉三郎に強請(ゆす)られたのか」

勇七が下を向く。

「あまり考えたくはないんですけど、嘉三郎ほどの極悪人が知っているということは、喜多右衛門さんのうしろ暗いところなんでしょうか」

「かもしれねえ」

坂江屋をじかに当たるわけにはいかず、文之介と勇七は取引先を次々に訪問した。

しかし、喜多右衛門に関して悪い噂を耳にしたことがある者など、一人もいない。

「そうだよなあ」

文之介は、喜多右衛門の相貌を思い浮かべていった。

「あの男は悪さができるようには見えねえ。どこか藤蔵に似ているんだ」

「ああ、いわれてみれば、ほんと、その通りですねえ」

「でもやっぱりなにかしでかしているんだ。それを嘉三郎につかまれ、強請られた」

「故郷でのことってことは、あり得ませんかい」

文之介は顎をなでさすった。

「十分に考えられるな。江戸店ができたのが十年前と喜多右衛門はいっていた。その前は、近江坂本にいたってことか。そのときに悪さをして、坂本にいられなくなったのかもしれねえ」

「しかし旦那、近江のことをどうして嘉三郎が知っていたんでしょう。それに、あっしらは近江まで行くわけにはいきませんよ」

「嘉三郎は地獄耳だからな、きっとどこかでききこんだんだろう。ということは、俺たちも知ることができるってことだ。だから近江に行く必要はねえよ。それに、近江のことにしぼって話をきいてゆけば、これまでとはまたちがう事実を耳にできるはずだしな」

文之介たちはもう一度、取引先に話をきくことにした。

近江から出てきて江戸で店をはじめた一人のあるじから、一つだけ、引っかかることをきくことができた。

喜多右衛門の兄が十一年前、琵琶湖(びわこ)で溺れ死んだとのことだ。

出来の悪い兄で、もしあのまま生きていたら、坂江屋の身代(しんだい)をおそらく潰していたのではないか、とのことだった。

これだろうか。

今、坂江屋の本店は、兄のせがれが継いでいるとのことだ。店は繁盛し、潰れる心配など、毛ほどもない。

「これが兄を殺したわけかな」

店を出て、文之介は勇七にいった。

「喜多右衛門さんが殺したかどうか、あっしにはわかりませんけど、もし殺したとするのなら、そういうことなんでしょうね。それを嘉三郎は知った」

勇七が見つめてくる。

「旦那、どうします」

「俺たちは近江に行けねえ。証拠をつかむことはできねえよ」

「じゃあ、このままにしておくんですね」

「不満か」

体についた水をはね飛ばそうとする犬のような勢いで、勇七が首を振る。

「滅相もない」

「じゃあ、いいんだな」

「はい」

「よし、坂江屋の件はこれで終わりだ」

文之介は宣した。

「勇七、嘉三郎を引っとらえるぞ」

文之介と勇七は道を歩きだした。


やっぱり見逃しやがった。

嘉三郎は、遠ざかってゆく文之介の姿を目で追いかけつつ、思った。あまり見つめすぎると、やつは感づく。目に必要以上に力を入れないようにする。

文之介たちの姿が見えなくなってから、嘉三郎は茶店を出て、道を歩きだした。

坂江屋のことは、二年のあいだ諸国をめぐっていた捨蔵からきいたのだ。

兄弟同様に育った捨蔵を殺したときの感触が、よみがえる。

母親に頼まれたから、捨蔵を殺した。

かあちゃんは、喜んでくれただろうか。

そんな気はしない。むしろ、怒っているような気さえする。

でも、かあちゃんがいったから、俺は捨蔵の命を奪ったんだ。

いや、今はそんなことを考えるのはやめておこう。気分が悪くなっちまう。

文之介を屠ることだけを考えるべきだ。むろん、丈右衛門と勇七もだ。

一刻もはやくお春を手に入れたいが、どこにいるのか、さっぱりわからない。

そのあたりは素人の悲しさだろう。俺を探し当てるために、どこに行けばいいのか、わからないのだ。きっと、的はずれな場所ばかりめぐっているにちがいない。

坂江屋は文之介の命取りになるだろうか。

貫太郎やうどん屋の親父の件はうまくいかなかった。泣く子も黙るはずの徒目付も、だらしない。

舌打ちが出る。

やはり坂江屋か。

坂江屋のあるじ喜多右衛門が兄を国元で殺したことは、捨蔵が近江でききこんだ。

喜多右衛門は兄を殺したかったが、自分では手をくだすことができず、殺しをもっぱらにする者に頼んだのだ。

その殺し屋と捨蔵は近江の賭場で一緒になり、殺し屋が死病に侵されていたこともあって、面倒を見てやったそうだ。

そのあたりは、本物の悪になりきれなかった捨蔵らしい。

捨蔵は最期も看取ったようなのだが、そのとき殺し屋が捨蔵に坂江屋のことを漏らしたのだ。今、江戸にいる喜多右衛門という男に兄殺しを頼まれた、と。

江戸に舞い戻ってきた捨蔵は、うれしそうに坂江屋のことを話した。

それをきいたからといって、嘉三郎はすぐに脅しにかからなかった。

いずれなにかにつかえる、と踏んでいたからだ。

実際、藤蔵を陥れることができたから、もくろみ通りといえる。

だが、満足はできない。文之介も丈右衛門もいまだに生きているからだ。

嘉三郎は隠れ家に戻った。

文之介、と壁に顔を思い描いて呼びかける。

坂江屋を見逃しやがって。そんなことをしてどうなるか、見てやがれ。

嘉三郎は文机の前に座り、一通の文を書きはじめた。

四

もし津伊勢屋と関係があるとしたら、嘉三郎は抜け荷にも荷担していたということになるのだろうか。

正直なところ、丈右衛門にはわからない。

だが、嘉三郎は鉄太郎という押しこみの頭に育てられた。

それがどうして、抜け荷などと関わりを持つのか。

押しこみと抜け荷。

つながりはなんなのか。働きの場はまったくちがう。陸と海なのだから。

丈右衛門は屋敷の自室にいる。文机の前に腰をおろし、考えをめぐらせていた。

昨日は津伊勢屋のことをじっくりと調べてみたが、ほとんどなにもつかめなかった。

又兵衛に、まかせておけと大見得を切った割に、収穫らしいものはなに一つとしてなかった。

津伊勢屋がどういう物をよく運んでいるのか、どこが大きな得意先なのか、どこから仕入れているのか、といった事柄を知っている者がとにかく少ない。

広鎌屋のあるじであるひろ江の父の友人や知り合いから話をきいたとき、薬種を扱っているということがわかっただけでも、小さくない成果といってよかったのだ。

あるじの郷之助に関しても、得られたものはあまりない。

歳は五十ちょうど、出身は伊勢、女房はいない。

今、わかっているのはこのくらいだ。

津伊勢屋は、伊勢に本店があるのか。

ない。江戸の霊岸島にある店が、唯一の店なのだ。

津伊勢屋を創業したのは、郷之助ではない。前のあるじだった官之助（かんのすけ）という男だ。九年前に、病を得てこの世を去っている。

その跡を郷之助が継いだ。郷之助は官之助のせがれというわけではない。どうやら最も信頼が厚い番頭だったようだ。

官之助も伊勢の出で、若い頃、江戸に一人でやってきて商売をはじめたらしい。

いきなり廻船問屋をはじめたわけでは、むろんない。では、なにをしていたのか。

わからない。そのあたりの事情を知る者には、今のところ出会っていないのである。

官之助は二十代の終わりに廻船問屋の株を買い、津伊勢屋と名づけたようだ。それが、今から四十年ばかり前のことである。

四十年前の廻船問屋の株の相場はわからないが、大根を買うようなわけにはいかなかっただろう。

相当の金が必要なのは、今も昔も変わりあるまい。

どこからそれだけの金が出たのか。ふつうに商売をして、得たのか。

できないことではないだろうが、よほどの幸運に恵まれない限り、むずかしいだろう。

官之助は、なにかうしろ暗いことをしたのではないか。

それで金を工面したのではないか。

犯罪に関わったとして、官之助はなにをしたのか。

押しこみか。

それが最も考えやすい。

それで、鉄太郎という男と知り合い、それが郷之助と嘉三郎のつながりとなっているのだろうか。

考えられないことではない。

だが、なにかちがうのではないか。丈右衛門はそんな気がしてならない。

とにかく、官之助はなんらかの罪を犯した。だが町方につかまることはなく、一生を無事に終えた。

心休まるときは、おそらくなかったのだろう。臨終を迎えたときは、むしろほっとしたのではあるまいか。

官之助は犯罪人だった。それがために、郷之助の代に移った今もそれが家風となって、同じように犯罪に手を染めている。

待てよ。

丈右衛門のなかで、不意にひらめくものがあった。

津伊勢屋というのは抜け荷以外に、なにか法度破りをしていないのか。

押しこみをしていないのだろうか。

丈右衛門は、河岸で荷の積み卸しをしていた人足たちを思いだした。筋骨は隆々としていた。

あの者たちをつかえば、押しこみは楽々とやれるのではないか。

ここ最近、世間を騒がせた押しこみがあったか、丈右衛門は思い起こした。

ない。嘉三郎のことを除けば、江戸は平穏といっていい。海でいえば、凪の状態だ。

では、あの店はほかになにか別の悪さをしているのだろうか。

そうかもしれない。

ここは調べたほうがいいだろう。

いや、待て。

丈右衛門は畳の一点に目を据えた。押しこみといえば、なにか引っかかるものがある。

なんだったのだろう。

わからぬ。

これも歳を取ったということか。

情けないな。

ため息を押し殺し、丈右衛門は立ちあがった。刀架から刀を取り、腰に差す。腰高障子をあけ、廊下を歩いた。

「お出かけですか」

丈右衛門の足音をききつけたか、居間からお知佳が出てきた。いつものようにお勢をおんぶしている。

「うん、ちょっと出てくる」

「嘉三郎という男の探索ですか」

「そうだ。いつまでも野放しにしておけぬ」

お知佳が身を寄せてきた。いいにおいがし、丈右衛門はめまいに似たものを覚えた。抱き締める。

お知佳は震えている。

「どうした」

「怖いのです」

丈右衛門は考えた。

「わしが嘉三郎に殺られてしまうのではないか、と思っているのか」

腕のなかで、お知佳がかぶりを振る。

「私はあなたさまを信じています。嘉三郎のような極悪人に殺られるはずがないのは、よくわかっています。でも、一人でお出かけになるあなたさまを見送るのは、とても怖いのです」

丈右衛門はお知佳の顔をのぞきこんだ。

「そなたの気持ちはよくわかった。わしのことを考えてくれているのは、ひじょうにうれしく思う。だが、今日は危ないことはせぬ。番所に行き、調べものをするだけだ」

「さようでございますか」

お知佳が微笑を浮かべる。その笑顔が美しくて、丈右衛門はまた抱き締めた。しばらくそうしておいてから、お知佳をそっと離した。静かにささやきかける。

「すぐに戻ってまいる。あとを頼む」

「承知いたしました」

お知佳の見送りを受けて、丈右衛門は町奉行所に向かった。

奉行所で又兵衛に会い、書庫に入らせてくれるよう依頼した。

「お安い御用だ」

気軽にいって、又兵衛自ら書庫に案内してくれた。

「なんでも調べてくれ」

灯りもつけてくれた。

「助かる」

「ところで、調べたいのは津伊勢屋のことか」

「そうだ」

行灯の淡い光をほんのりと浴びて、又兵衛が小さく笑う。

「しかし丈右衛門、津伊勢屋の名をつかったのは思いつきとしては、最高だったな」

「思いつきか。工夫のなせる業といってほしいな」

「どちらでもよいではないか。そんな細かいことに、こだわるたちだったか」

「そうでもないが」

「しかし、おまえさんが津伊勢屋の名をつかえというから実際につかってみたが、翌日の早朝、奉行から放免せよとの命がきたのには、驚いたよ」

「ほう、そんなにはやかったのか」

「そうさ。源一という船頭がつかまったというのは、公儀のおえらいさんにとって、よほど怖かったんだろう。おかげで、うどん屋の親父は一日、囚人置場にいただけですんだ」

「一日か……」

どうしても思いは藤蔵にいってしまう。

「三増屋もはやくだしてやりたいなあ」

又兵衛が慨嘆するようにいう。

「そのためにも嘉三郎をとらえなくてはな」

丈右衛門は又兵衛とこうして話しているあいだも、どの書類を見るべきか、目で探し続けている。

例繰方の手を借りれば、もっとはやいのだろうが、丈右衛門はすでに部外の者だ。そういうわけにはいかない。

どれを見ればいいのか、見当がつかない。

やはり押しこみか。それがいいのかもしれない。なにか、引っかかりを覚えたこともある。

丈右衛門は書棚に手をのばした。一冊の帳面をつかみ取る。

それは、ここ十年以内に起きた押しこみ事件を一冊の帳面にまとめたものだ。

丈右衛門は帳面を繰った。

次々に事件を見てゆく。

江戸は平穏な町で、辻斬りなどせいぜい五十年に一度ばかりだが、やはり十年間ともなれば、さまざまな押しこみが起きている。

あっ。

丈右衛門はたまらず声を放った。

「丈右衛門、なにか見つかったのか」

又兵衛がきいてくる。

「こいつだ」

一つの事件を指で示す。

「どれどれ」

又兵衛がのぞきこむ。

「羽州屋か、九年前の押しこみだな。まだ解決しておらぬぞ。縄張りちがいで、おまえさんが担当しなかったからだ」

「いや、もう解決した」

又兵衛が目をむく。

「なに。どうしてそういえる」

「こいつは、鉄太郎たちの仕業だからだ。手口からして、まずまちがいない」

「鉄太郎というと、嘉三郎の親代わりだったやつだな。確かに、もう火刑になっているな。鉄太郎一味で、いまだに逃げているのは嘉三郎だけだ」

又兵衛があらためて帳面を見る。

「丈右衛門、この事件がいったいどうしたというんだ」

丈右衛門のなかで、事件のありさまが明瞭になってゆく。

「羽州屋というのは廻船問屋だったな」

「そうだ。この押しこみのせいで潰れたぞ。家族、奉公人が皆殺しになった上、五千両もの金を奪われたのだから、立ち直れるはずもない」

「そうだったな。——桑木さま」

丈右衛門は呼んだ。

「なんだ、丈右衛門」

「羽州屋には、妙な噂がなかったか」

「妙な噂だと」

首をひねり、又兵衛が思いだそうとする。

「あったな。——抜け荷だ」

それをきいて、丈右衛門は深くうなずいた。

「うむ、思った通りだ」

第四章　拳一発

一

大門の前に立つ。

いつ見ても、でけえなあ。

文之介は感嘆した。

見習い時代からだから、もう十年以上も見続けていることになるが、町奉行所の表門には、見とれることがいまだにある。

国持ち大名の江戸上屋敷と同じ格式の長屋門だから、大きくて立派なのは当然なのだが、その重厚さにはいつも圧倒される。

斜めに入りこむ朝日を浴びて、太い柱がつやつやと輝いている。

しかし、いつまでも見とれているわけにはいかない。

文之介は門の下に入りこみ、長屋の入口に身をくぐらせた。

ここから同心詰所へと通じているのだ。

文之介は詰所に入った。まだ誰も来ていない。自分の文机の前に座る。

なんとなく疲れを覚えて、文之介は目を閉じた。

まぶたの裏に、お春の面影がすいと浮かんでくる。

会いてえよお。お春、いったいどこにいるんだ。

きっと心細い思いをしているに決まっている。いくら気が強くて、聡明でも、嘉三郎という男を探すのに、いったいどれだけの神経をつかわねばならないか。

かわいそうで、文之介は涙がにじみそうになってきた。いや、実際に目の端にわずかに出てきている。

泣いているところなど、誰にも見られたくない。指の先で涙をぬぐう。

きれいに取れたかな。きっと大丈夫だろう。

文之介は腕をのばし、文机の上の日誌をつかんだ。ひらこうとして、手をとめた。背後に人の気配を感じている。

「おい、文之介」

案の定、声をかけてきた者がいた。

文之介は振り向いた。

敷居際に立っているのは、先輩同心の鹿戸吾市だ。渋い表情をしている。すばやく腰をあげた文之介は朝の挨拶をし、すぐさま問うた。

「なにかあったのですか」

「あったさ」

素っ気なくいって、吾市が近づいてきた。

なにがあったのか、知りたかったが、文之介はなにもいわずに待った。

吾市が疲れたような顔で、文之介のかたわらに腰をおろした。頬杖をして、盛大にため息をつく。

「文之介」

力なく見あげてきた。瞳が、ひどいふつか酔いにやられているかのように、どんよりと濁っている。

「徒目付が呼んでるぞ。朝っぱらから、いやな連中に会っちまった」

そのために、吾市は気分が悪いのだ。

「せっかくのいい天気だってのに、まったく台なしだぜ」

「どうして徒目付が来たのですか」

「さあな。俺はちょっと調べ物があって、はやく来たんだ。そしたら、目つきの悪い二人に呼びとめられて、おまえを呼んでこいとさ。まったく俺は小者か」

吾市がにらみつけてきた。

「文之介、おまえ、いったいなにをしでかしたんだ。そういえば、おまえ、この前も徒目付の取り調べを受けたそうじゃねえか」

「ええ、その通りです。でも、その件はすでに落着しています」

「落着していると考えているのはおまえだけで、やつらはそうは思ってねえのかもしれねえぞ。もともと、ひどくねちっこい連中だからな」

また貫太郎の件で来たのだろうか。しかしうどん屋の親父も放免になった今、蒸し返すとはいくらなんでも思えない。

「いえ、やはりそちらの件ではないと思います」

「だったら、ほかの件だろう」

吾市がなにかを思いだしたような顔つきになる。

「文之介、おめえ、坂江屋という店を知っているか」

「ええ、嘉三郎の探索で知った店です」

文之介はどきりとした。

「あるじが引っぱられたそうだぞ」

なんだと、と文之介は思った。

「どうしてです」

いや、問うまでもない。近江での兄殺しが露見したのではないか。国元で犯した罪については、町奉行所が身柄をとらえ、国元に送ることになっている。

吾市があっさりと首を振る。

「そこまでは知らねえ。ただ、なにもなくて引っぱることはあるめえよ」

「誰に引っぱられたのです」

「うちの臨時廻りにだ」

「いつのことです」

「昨夜だそうだ」

「喜多右衛門はどこに」

「そいつは、坂江屋のあるじのことか。囚人置場だろうな」

また藤蔵と一緒ということか。

「文之介、はやく行ってこい。徒目付を待たせると、ややこしいことになるかもしれねえぞ」

「わかりました。行ってきます」

文之介は吾市に一礼し、詰所を出た。足早に歩く。

母屋に行き、まずは又兵衛の部屋に向かった。

又兵衛は、すぐさまなかに入れてくれた。

徒目付はいなかった。きっと穿鑿部屋だろう。

又兵衛が小声でいう。

「文之介、徒目付が来たのは、どうやら坂江屋に絡んでのことのようだな」

「坂江屋が引っぱられたとききましたが」

「昨夜な。十年以上も前の、近江での兄の死に関して、だそうだ。もともと坂江屋の兄の死は、殺しとも事故とも判明していなかったらしく、今でも謎として続いていたそうだが……」

又兵衛が見つめてきた。

「文之介、坂江屋の件、知っていたのか」

どう答えようか、文之介は迷った。

「そうではないか、との推測はついていました」

「いつ推測をつけた」

「昨日です」

「わしに報告はなかったな」

「あくまでも推測にすぎませんでしたから」

「確証をつかんだときに、報告する気でいたのか」

「そういうことです」

文之介は微笑とともに答えた。

又兵衛が困ったような、まぶしいような表情をした。

「おまえ、いい方がだんだん丈右衛門に似てきおったなあ」

「さようですか」

又兵衛が笑みを口の端に浮かべた。

「相変わらず親父に似ているといわれるのは、いやなようだな」

「そういうこともありませんが……」

そう文之介が口にしたとき、廊下を渡る足音が響いてきた。

又兵衛が渋い顔をする。

「来たようだな」

「そのようですね。では桑木さま、行ってまいります」

「うむ」

又兵衛が力強く顎を引いた。目が、がんばってこいといっている。

文之介は一礼し、静かに襖をあけた。廊下に出る。

ちょうど二名の徒目付が、又兵衛の部屋の前で足をとめたところだった。この前、文之介を取り調べた二人だ。

「お待たせしました。まいりましょうか」

文之介は二人にいった。

三人で穿鑿部屋の前に来た。徒目付の一人が板戸をあける。

背を押されて、文之介は足を踏み入れた。二人の徒目付が続く。

文之介は、徒目付と向かい合って座った。

「御牧どの、さっそくだが、本題に入らせてもらう」

一人が冷たくいう。文之介は小さくうなずいた。

「坂江屋のことだ。おぬし、あるじの喜多右衛門が兄を、殺しをもっぱらにする者に依頼して、殺させたのを存じていたのか」

殺し屋にやらせたのか、と文之介は思った。喜多右衛門の風貌からして、自分で手をくだすのは無理と思ったが、そういう手をつかったのか。

「とんでもない。初耳にござる」

「それは殺し屋をつかったというのが初耳なのかな。喜多右衛門が兄を殺したのは、存じていたのであろう」

「とんでもない。知り申さぬ」

二人がじっと見る。相変わらず蛇ととかげの目だ。

「坂江屋のことを、取引先などを当たっていろいろ調べまわったのはわかっている。どうしてそのような真似をした」

文之介は正直なところを告げた。

「ふむ、嘉三郎という男が、どういうふうに坂江屋に絡んでいるのか、調べただけと申すのか」

「さよう」

「その探索の途上で喜多右衛門の兄の死を知ったはずだが」

「はい、知りました」

「それについて、真実を知ろうとはしなかったのかな」

「兄を失った弟など、この世には数え切れないほどおりましょう。それらをいちいち調べるわけにはまいりませぬ」

「御牧どの、それでは、同心として甘いのではないかな」

文之介を怒らせるようにいった。

「そういわれると、それがし、返す言葉もございませぬ」

「御牧どの」

それまで黙っていた一人が、唐突に呼びかけてきた。

「正直にいいなされ。本当は近江国で、どういうことが起きたか、わかっていたのではないか」

文之介は目を丸くした。

「そのようなことは一切、ござらぬ。遠い近江で起きたことにござる。なにも証拠がないのに、わかるはずがござらぬ」

一人が失笑を唇に浮かべる。

「それでは本当に、同心としての力量を疑われることになり申そう。我らはその旨を、おぬしの上の者に伝えることになるが、よろしいか」

「ご随意に」

「承知した。そうさせていただこう」

「一つ二つききたいことがあり申す。よろしいか」

二人の徒目付はなにもいわない。

「坂江屋喜多右衛門は、兄殺しを白状したのでござるか」

「そうだ。だからこそ、殺しをもっぱらにしている者に依頼したことが判明した」

「わかり申した。もう一つは、誰がそれがしのことを御徒目付に知らせたのですか」

それこそが最も大事な秘密であるかのように、二人の徒目付は口をかたく閉ざしている。

「投げ文ではありませんか。その文の主こそ、嘉三郎にござるぞ。できれば我らにかかずらっておらず、嘉三郎の行方を探してもらいたいものにござる」

文之介はいい放った。

「ではこれで、下がってもよろしいか」

徒目付の答えを待たず、文之介は立ちあがった。こんなところにいても、ときの無駄でしかない。

文之介は板戸を強く横に引いた。廊下に片足を置く。

待たれよ、とはいわれなかった。文之介はそのまま歩き進んだ。

又兵衛の部屋に赴く。

「どうであった」

又兵衛が心配顔できいてきた。すぐに愁眉をひらく。

「その顔ではなにごともなかったようだな。うむ、よかった」

「はい、今日はこの前ほど、緊張はいたしませんでした」

「なにごとも場数を踏むというのは、よいことよな」

「では、これで心置きなく嘉三郎の探索に臨めるということだな」

又兵衛がうれしそうにいった。

「はい」

文之介は元気よく答えた。すぐに喜多右衛門に思いがいく。

「坂江屋はどうなりますか」

「兄殺しを認めたとのことだからな、おそらく国元に戻されることになろう」

「しかし、嘉三郎のたれこみによるものであるのは明白。それではやつの手に引っかかったようで、悔しくてなりませぬ」

「なんとかしたい、という思いは、文之介、わしも同じよ。だが、罪を認めた以上、坂江屋はもはやどうにもならん」

国元では、まちがいなく死が待っている。

坂江屋はこのまま潰れ、一家は離散ということになろう。

文之介は唇を嚙んだ。

この悔しさは、嘉三郎を引っとらえることで晴らすしかない。

許さぬ。

文之介は、あらためて決意を胸に刻みこんだ。

二

坂江屋からは、もうなにもききだせない。

文之介には、わずかに悔いが残っている。喜多右衛門の罪を問うことをせずとも、嘉三郎に関してなにか少しぐらいはきくことができたのではないか。

そんな気がしてならない。

いや、そういうことは思わぬほうがよかろう。

文之介は前だけを見ることにした。

だが、どうすればいいという思いは浮かばない。

頭を殴りつけたい。

そんなことを考えながら、又兵衛の部屋を出た文之介は大門に向かった。

「旦那」

門の脇で文之介を待っていた勇七が、小走りにやってきた。

「遅いから、なにかあったのかと心配しましたよ」

「すまねえ」

文之介はどういうことがあったのか、語った。

「えっ、また徒目付が来たんですかい」

「なにもなかったから、安心しな」

「旦那は存外に打たれ強いですから、さして案じはしないんですけど、坂江屋さんのことは心配ですねえ」

勇七が眉根を寄せる。

「坂江屋さん、どうなるんですかい」

文之介はごまかすことなく話した。

「そうですかい。すぐに国元に戻されるんですかい……」

勇七も喜多右衛門にどんな運命が待っているか、覚ったようだ。

「嘉三郎の野郎、許せんですねえ」

勇七がとがった眼差しを向けてくる。まるで文之介を嘉三郎だと思っているかのような鋭さだ。

「旦那」

凄みのある声をだす。

「なんだ、勇七、俺が誰だかちゃんとわかっているんだろうな」

勇七が笑う。途端に目が柔和なものになった。

「当たり前じゃないですか」

「でも勇七、今、俺を親の仇みたいな目で見ていたぞ」

「すみません」

勇七が鬢をがりがりとかく。

「ちと気持ちが高ぶってしまったものですから」

「まあ、いいよ。それで、どうして呼んだんだ」

「ああ、そうだった」

勇七が拳と手のひらを打ち合わせる。いい音が出た。

「これからどうするんですかい。あっしはこいつがききたかったんですよ」

「どうするかなあ」

太陽は、町奉行所の東側に建つ大名屋敷の屋根の上にのぼってきている。いつしか雲が出て、太陽を包みこもうとしているが、たなびくような薄さのために、光を完全にさえぎることはできない。

それでも、文之介は風に肌寒さを感じた。両腕を手でこする。

「勇七、正直にいうが、なにも思い浮かばねえんだ」

「そいつは困りましたねえ。旦那の鋭敏な脳味噌も、少し疲れちまいましたかねえ」

「なに、勇七、今、なんていった」

文之介は食いついた。

「えっ、なんていったかって、旦那の脳味噌も少し疲れちまいましたかねえっていったんですけど」

「馬鹿、勇七、肝心なところを抜かすんじゃねえ」

「肝心なところってなんですかい」

「とぼけるんじゃねえよ。脳味噌の前に、なにかいっていただろうが」

勇七が考える。

「鋭敏、ですかい」

「なに、勇七、今、なんていった。よくきこえなかったぞ。もう一度いってくれ」

「旦那の鋭敏な脳味噌。これでいいんですかい」

「ああ、いいともよ。勇七、おめえはなんていい野郎だ。俺の脳味噌を、そんなふうに思っていたなんて」

「あっしは前からずっと思っていましたよ。旦那、知らなかったんですかい」

「ああ、知らなかった」

文之介はにこにこした。

「これで、ちっとは頭をつかうようになるかな」

勇七がぽつりといった。

「なんだ、勇七、今、なんていったんだ。これで、まではきこえたんだが、そのあとがわからなかった」

「ああ、これで旦那の脳味噌の働きが冴えて、嘉三郎を引っとらえることができたらいいなあ、っていったんですよ」

文之介は首をひねった。

「そんなに長い言葉じゃねえような気がしたんだが、細かいことにこだわるのはやめにしよう」

文之介は腕を組んだ。

「しかし、本当になにも思いつかねえな。こういうときは、どうすりゃいいんだろう」

父上も、こういうことは幾度もあったにちがいない。どう解決を図ったのだろう。

そういえば、と文之介は思いだした。雨の日に濡縁にじっと座っていたのは、父が単に雨が好きだったからなのか。

ちがうような気がする。

あれはいつからだったか。

文之介ははっとした。

母上が亡くなってからではないか。父上は母上を偲んでいた。きっとそうだ。

ああ。

文之介は心で嘆声をあげた。母上の墓参りを最近、してねえなあ。行かなくては。母上は寂しがっているんじゃねえのか。

母上を悲しませたくねえよ。

文之介は今度の非番の日、行くことに決めた。その前に嘉三郎をとっつかまえて、気兼ねない墓参りにしたいものだ。

「――そうか」

文之介はその思いつきに跳びはねそうになった。

「旦那、どうしたんですかい」

「勇七、どうもこうもあるか。墓参りだよ」

「墓参りですかい。誰のですかい」

「かあちゃんだ」

「旦那のお母上ですかい。そういえば、旦那、ちゃんと行っているんですかい」

「俺の母上じゃねえよ」

「じゃあ、誰のですかい」

勇七が、あっと声をあげる。

「そうか」

「そうさ」

「野郎、意外に母親思いですものね。肝神丸を手に入れたのも、肝の臓をわずらったおきりさんのためでした」

「そういうこった」

「やつはおきりさんの墓参りに、きっとあらわれる。そこをとらえればって寸法ですね」

「そうだ」

「あとは、おきりさんの墓がどこにあるか、調べれば――」

「やつもついにお陀仏(だぶつ)ってことだ」

「よし、旦那、さっそく調べましょう」

勇七が勇躍、駆けだそうとする。

「勇七、どこへ行くつもりだ」

文之介は背中に声をかけた。

勇七が振り返る。

「決まってますよ、嘉三郎がおきりさんと一緒に暮らしていた町ですよ」

「どこかわかっているのか」

「当たり前でしょう。深川猿江町ですよ」

文之介はにっこりと笑った。

「よし、行こう」

三

町奉行所での調べを終えて丈右衛門はいったん、屋敷に戻った。

「お帰りなさいませ」

笑みを浮かべたお知佳がお勢とともに出迎える。お勢は珍しく起きており、丈右衛門を笑顔で見た。はしゃぐ声をだして、丈右衛門に抱かれたがった。

丈右衛門は腕にすっぽりとおさめ、お勢を抱き締めた。

乳のような甘い香りがする。この香りを嗅ぐと、この子をきっと幸せにしてやろうという思いがより強くなる。

丈右衛門はしばらくお勢と遊んだ。頭が空っぽになり、気分を変えるにはこれ以上のことはない。

やがて遊び疲れ、目をとろんとさせはじめたお勢をお知佳に返した。

「もう眠ってしまいそうだな」

丈右衛門は、お勢の顔をのぞきこんでいった。

「ええ。でももっとあなたさまに遊んでほしくて、一所懸命に目をあけていようとがんばっていますわ」

赤子ながら、お勢のその態度はいじらしくてならない。丈右衛門は再び抱き締めたくなったが、そのときにはお勢は眠りはじめていた。

「わしもお勢にならって、昼寝をする。半刻ほどしたら、起こしてもらえぬか」

「承知いたしました」

お知佳がきっぱりと請け合う。

「でもあなたさまは、私が起こす前に、たいてい起きていらっしゃいます」

丈右衛門は顔をしかめた。

「長年の癖だな。ときを決めて眠ると、だいたい起きてしまう。でも今日はちょっと疲れているから、お知佳の手を借りることになるだろう。起きなかったら、顔を引っぱたいてくれ」

丈右衛門は自室に戻り、布団を敷いた。その上に横になる。

目覚めた。よく眠ったと思う。

横になって、まだ半刻はたっていないか。

廊下を渡るお知佳の足音はきこえない。

丈右衛門は再び目を閉じた。体にだるさがあり、こうしてうつらうつらしているのは心地よい。

しかし、頭はすでに完全に覚めはじめているようで、思いは自然に九年前の羽州屋の事件に向かった。

母屋で眠っていた家族、奉公人、合わせて十八名が殺され、五千両もの金が奪われた。

最初、賊がどこから母屋に忍びこんだのか、わからなかったが、隣の空き家から羽州屋の裏庭にある涸れ井戸に、坑道のようなものが掘られていたのだ。

そこから敷地内に入りこまれ、さらには床下に穴をあけられて、母屋に侵入されたのである。

賊どもに忍びこまれたことに、おそらく母屋で寝ていた者は、誰一人として気づかなかったのだろう。

そのあと、無慈悲きわまりない殺戮がはじまったのだ。

与力の桑木又兵衛は、この九年前の事件が解決していないのを丈右衛門が担当しなかったからといったが、これだけの惨劇が行われ、大金が奪われたことから、丈右衛門も探索に加わった。

しかし、賊たちは手がかりを一切残さず、消え去った。

丈右衛門の力は及ばず、今も解決されないままになっているのだ。

この事件を、どうして自分は鉄太郎たちの仕業と見たのか。

九年前は、そうであるとは気づかなかった。だが、今は鉄太郎たちのやり方はわかっている。

とにかく、金とときをかけるのだ。

羽州屋の事件も、坑道のようなものを掘っているが、これだけのことをやろうとし、実際にしてのける賊など、そうはいない。

多分、嘉三郎の企図なのではないか。

嘉三郎は鉄太郎とおきりに育てられたが、押しこみに関しては、あの男が加わったことにより、やり方がずっと巧妙になったのではないか。

おそらく、鉄太郎一味の知恵袋だったのだろう。

羽州屋の押しこみのときも、策を考えたのは嘉三郎にちがいない。

手元で大事に育てた嘉三郎が、一味のなかで頭角をあらわしてゆく。

鉄太郎にとっては喜びであり、同時に、いずれ取って代わられるのではないかという恐れも抱いていたのではないか。

しかし、そのようなことは今、考える必要はない。

鉄太郎一味は、嘉三郎を除いてすでに火刑に処されたのだから。

津伊勢屋のあるじの郷之助は、と丈右衛門は思った。嘉三郎と、どうして知り合いなのか。

答えは単純だろう。

先代の官之助が死んだあと、津伊勢屋の跡を継いだ郷之助が、羽州屋への押しこみを鉄太郎に依頼したからだ。

津伊勢屋は官之助の代から抜け荷をしていたのだろうが、郷之助は羽州屋を潰すことで縄張りを広げ、抜け荷の取引をもっと大きなものにしようと、企てたにちがいない。

押しこみを依頼するくらいだから、郷之助と鉄太郎のつながりは、きっと浅いものではなかったのだろう。鉄太郎一味の知恵袋だった嘉三郎とも、そのときに知り合ったのか。

金だけのつながりということも考えられないではないが、同じ闇の世に生きる者として、絆のようなものが、今でもあるのではないか。

とするなら、郷之助は嘉三郎の居場所を知っているのではあるまいか。

また津伊勢屋に乗りこみ、力ずくで郷之助を吐かせるか。

丈右衛門は思案した。

しかし、郷之助が一筋縄ではいかない男であるのは確かだ。たやすく吐かせることは、まずできない。

闇の世に生きる者同士、暗黙の掟もあるにちがいない。意地でも吐きはしまい。

別の手立てを考えなければならぬ。

一つ、考えが浮かんだ。

今はこれしかないか。もしこのことをお知佳が知ったら、悲しむだろうな。

しかし、やるしかない。

ただし、これは自分一人の力でできることではない。それなりの人数を動かせる者が必要だ。

丈右衛門の脳裏には、一人の男の顔が思い浮かんでいる。

廊下を渡る、やわらかな足音がきこえてきた。

「よくいらしてくれました」

紺之助(こんのすけ)が手放しで出迎える。

「御牧の旦那、お会いしたかった」

今にも手を取らんばかりだ。

「どうぞ、こちらへ」

丈右衛門は奥の座敷にいざなわれた。

「いいにおいがするな」

畳の上に腰をおろした丈右衛門は、鼻をくんくんいわせた。

「畳を替えたのか」

「はい、さようで」

「相変わらず阿漕(あこぎ)に儲けているようだな」

「とんでもない」

紺之助が手をぶるぶると振る。

「あっしは、御牧の旦那ににらまれないよう、いつもいつも善意で毎日を生きるように考えていますよ」

「ふむ、いい心がけだ」

丈右衛門は紺之助をほめた。

目の前に座っている男は、やくざの親分だ。

知り合ったのは、四十年ほど前になる。丈右衛門が見習いとして奉行所に出仕しはじめた頃だ。紺之助もまだ子供のような年の頃だったが、子供をいじめているところを丈右衛門が叩きのめした。紺之助はいちころで丈右衛門になつくようになった。

「今日は頼みがあって来た」

丈右衛門がいうと、紺之助は赤子のような無邪気な笑みを見せた。こういうところが、子分たちの心を惹きつけているのだろう。

「あっしは、御牧の旦那に頼み事をされるのが一番うれしいんですよ」

「そいつはありがたいな」

丈右衛門はさっそく話した。

紺之助の家をあとにした。

丈右衛門が紺之助に頼んだことは、一つの噂を広めることだ。

効き目があらわれるまで、数日は必要だろうか。

四

深川猿江町に探索で足を運んだのは、いつ以来か。

文之介はしばらく考えたが、思いだせなかった。見廻りではよく来るが、探索でははじめてのような気がする。

「この町の寺に、おきりさんの墓があるんですかね」

勇七が、あたりを見まわしていった。

「そうなのかな」

文之介は眉根にしわを寄せた。

「寺だと、俺たちは入っていけねえな。来る前に考えなきゃいけなかったが、気が高ぶって、そこまで思いが至らなかったぞ」

勇七がうなずく。

「そうですね、あっしのせいですよ」

「馬鹿、そんなことねえよ」

文之介は一蹴(いっしゅう)した。

「それにしても勇七、今から、寺社奉行に許しをもらっている暇はねえぞ」

「どうします。禁じられているのを無視して、寺をききまわりますかい」

　文之介は首を振った。

「嘉三郎をとっつかまえるのにはそのくらいしなきゃいけねえんだろうが、そいつは最後の手立てだ」

「じゃあ、どうします」

　文之介は腕を組んだ。

「勇七、嘉三郎は、おきりの葬儀をだしたと思うか」

　勇七が考えこむ。

「母親思いは本物でしょうから、だしたんじゃないですかね」

「そうだよな。勇七はおきりの暮らしていた家は知っているんだよな」

「ええ、旦那が毒にやられて寝こんでいるとき、ご隠居と一緒に調べてまわりましたからね」

「連れていってくれ」

「お安い御用です」

　町屋が立てこむごちゃごちゃとした町を、勇七は迷いのない足取りで進んでゆく。

「ここですよ」

　やがて足をとめ、一軒の家を指さす。

「今はもう、別の一家が住んでいます」

「けっこういい家だな」

「そうですね、四つは部屋があるんじゃないですか」

文之介は勇七をうながし、近所のききこみをはじめた。

四年前のおきりの葬儀のことは、ほとんどの者が覚えていた。

鉄太郎が金をだしたりして面倒を見ることが多かっただけに、おきりは近所の者たちに慕われていたのである。死を惜しむ者も多かった。

葬儀は、嘉三郎が取り仕切るような形で行われたという。

おきりに菩提寺というものはないとのことだ。

もともと川越のほうの百姓の娘である。どういういきさつで鉄太郎と知り合ったのか、もはや定かではないが、若い頃から妾奉公を繰り返していたのは、丈右衛門と勇七の調べでわかっている。

「故郷とはとうに縁が切れちまっていたんでしょうねえ」

「そういうことだな」

文之介は同意を示した。

棺桶に入れられたおきりの遺骸はどうなったのか。

近所の者の話では、嘉三郎が荷車に積み、どこかに運び去ったという。それきり嘉三郎は、二度と家には戻らなかったようだ。

「嘉三郎の野郎、棺桶をどこに運びやがったのかなあ」

文之介は心のなかでうなり声をあげた。

「荷車に積んで運べるところだから、そんなに遠くはないんじゃねえのかな」

「そういうことでしょうね」

勇七が相づちを打つ。

「猿江町の近くって考えていいのかもしれませんね」

「どこかな」

文之介は、嘉三郎が足跡を記したと思える町がこの近くにあったかどうか、思いだそうとした。

だが、駄目だった。

「ちっくしょう、悔しいな。ここまで考えたのに」

不意に、文之介は自分が空腹であるのに気づいた。

「こいつか」

文之介の声をきいて、勇七が期待に満ちた目を向けてくる。

「旦那、なにか思いついたんですかい」

「いや、俺は腹が減っているんだ。そのために、いい考えが浮かばないんじゃねえかって思ったんだ」

「なんだ、そういうことですかい」

勇七が手をのばし、文之介の腹をなでさする。

「本当だ、ぺっちゃんこですね」

「まあな。俺は嘘はいわねえ」

「もう昼ですものね。腹が減るのも当たり前ですよ。旦那、なにがいいですかい」

「うまい魚が食いてえ」

「だったら、そこにしましょう。きっとおいしいにちがいありませんよ」

勇七が指さす先には、一膳飯屋の暖簾が静かに揺れている。戸口が半分あき、そこから煙が出ている。

「なんだい、そういうことか」

文之介はぼやいた。

「その煙を嗅いだから、魚が食いたくなったのか」

「そういうことでしょうね。においでつった店主の勝ちというところでしょう」

二人はさっそく店に入った。

文之介は鯖の塩焼き、勇七は鯖の味噌煮を頼んだ。

鯖は脂がのりすぎるほどのっていて、煙に誘われたのも無理はないと思えるうまさだった。口に含むと、身はほとんどとろけ、飯と一緒に咀嚼していると、旨みがどんどんと増していった。

二人は満足して一膳飯屋を出た。

「いい店だったな」

「まったくで」

勇七は顔をほころばせている。

文之介は勇七が喜んでくれたことが、うれしかった。

「元気が出たか」

「この通りですよ」

勇七が力こぶをつくる。

「たくましいな」

「旦那、どうなんですかい。頭は働きそうですかい」

「まあな。そんな気はしているぞ」

「だったら、はやいところ、おきりさんの墓を見つける手立てを思いついてくださいよ」

「勇七、そんなにたやすく思いつくはずがねえだろう」

文之介は噛みつくようにいった。

「あれ、そんな弱音を吐くんですかい。旦那らしくねえですよ」

文之介は勇七を見た。

「勇七、一発殴ってくれ」

「どうしてですかい」

勇七が驚いてきく。

「殴ってくれれば、その痛みで頭が働きだすかもしれねえ」

「できませんよ」

「どうしてだ。前はさんざん、俺のことを殴ったじゃねえか」

「あの頃は、旦那がだらしなかったからですよ。殴らずにはいられなかったんです」

「今だってさして変わっちゃいねえよ。だから殴れ」

「いや、でも――」

「さっさとやれ」

「わかりましたよ」

勇七が拳を振りあげる。

「手加減はなしだぞ」

「はい」

文之介は目を閉じた。次の瞬間、目から火花が散り、自分がどうなったのか、わけがわからなくなった。

気づくと、地面に倒れていた。

「勇七、てめえ、なにしやがんだ」

ふらつきつつも、文之介はすばやく立ちあがった。

胸ぐらをつかむ。

「だって、旦那が手加減するなっていうから……」

「程度ってものがあるだろうが」

「そういわれても」

文之介は本気で勇七を殴ろうと思った。このまま以前のように、殴り合いの喧嘩になってもかまわねえ。

だが、振りあげた拳は宙でとまった。

「旦那、どうかしたんですかい」

覚悟を決めていた表情の勇七がきく。

文之介は拳をおろした。

「勇七、やっぱり殴ってもらってよかったようだぜ」

文之介の目は、遠くの一点をとらえている。

「旦那、なにを見ているんですかい」

勇七が、文之介の視線を追う。しかし、なにを見ているかわからなかったようで、戸惑いの顔を向けてきた。

「勇七、おきりは川越のほうの出で、故郷はとうに捨てたみてえなものだろうとのことだったな」

「ええ」

「となると、ここ深川猿江町はおきりの二つ目の故郷といっていいだろうな」

「そうでしょうね」

「そういう場合、勇七、どこに埋めてほしいとふつう考えるだろうか」

勇七が沈思する。すぐに顔をあげた。目が輝いている。

「見晴らしがよくて、自分の家が見えるようなところでしょうか」

「そうだよな」

文之介はあたりを見まわした。

「ここは深川だ。埋め立てられた土地だから、平らなところが多い。でもそればかりじゃねえ。こうして眺めまわしてみると、高いところもけっこうある。たとえば、あそこだ」

高台になっており、寺の本堂のものらしい屋根が見えている。

「なるほど。ああいうところにおきりさんの墓があると、旦那は踏んだんですね」

「そうだ」

勇七がつくづく感心したというような顔で見る。

「さすがに旦那ですよ。殴られて思いつくだなんて、ご隠居にもできる芸当じゃないでしょう」

その後、文之介と勇七は、猿江町界隈を当たり、どこにおきりが葬られたかを調べはじめた。

文之介が最初に目をつけた高台の寺は、外目でも墓地が見晴らしのよくない場所につくられているのがわかり、ここはちがうんじゃねえか、と文之介たちは判断をくだした。

「旦那、あそこはどうですかい」

勇七が右手の丘のような土地を指さす。

「あそこは寺じゃねえな。神社か」

本堂ではなく本殿らしい建物の屋根が見えている。

「そのようですね。でも、神社の横にある林の前にある斜面は見晴らしがいいように思えますし、日当たりもよさそうですよ」

「墓地にするには格好の場所というわけか。よし、行ってみよう」

最初の寺から五町ほどいったところだった。

神社の境内に入りこむわけにはいかず、高いところを遠まわりして、斜面にたどりついた。すぐそばは、深川では考えられないような崖になっている。

額に浮き出た汗を手の甲でぬぐって、文之介は大きく息をついた。

「死ぬかと思った。神社を通り抜けられれば、楽なのになあ」

「でも旦那」

勇七が手応えを得た、という顔をしている。

「来た甲斐があったというものですよ。ほら、そこです」

立派な墓があった。

文之介は墓の前に立った。

いい石がつかわれている墓だが、名は記されていない。

そのことが逆に、嘉三郎がおきりのために建てたものというのが確信できた。嘉三郎にしてみれば、自分だけが母親の墓であるとわかっていれば、それでいいという心境なのではないか。

花が手向けられ、線香の燃えかすが残っていた。花はまだしおれていない。

「嘉三郎の野郎、けっこうしげしげと来ているようですね」

「本当だな」

その後、文之介はおきりの住んでいた一軒家に戻り、再び近所の者に話をきいた。

じきに、おきりの命日が来るのがはっきりした。

五

噂は郷之助のもとに届いただろうか。

丈右衛門は提灯のわびしい灯りを見つめて思った。

とうに届いたはずだ。

とすれば、襲ってくるのは、はやくて明日だろうか。今夜ということも、十分に考えられる。

だから、丈右衛門に油断はない。いつ襲われてもいいように、今日も刀を帯びている。

今、歩いているのは八丁堀の組屋敷内だ。刻限は五つすぎで、近くに人けはまったくない。

多くの人が夕餉を終え、これから寝につこうとしているような気配はそこかしこの屋敷から漏れこぼれてくるが、どことなく自分だけつまはじきにされたような感じがないわけではない。

なんといっても、わしの今の心持ちはくつろぎからはほど遠いものだからな。

緊張している。襲われるのを待つ気持ちというのは、やはりいいものではない。

体のこわばりが、襲撃者には見え見えなのではないか。こちらが誘っているのを、読まれているのではないか。

文之介は、なにか手がかりをつかんだだろうか。

勘働きはひじょうにいいから、きっと得たのではないか。

となると、こんなに危ない橋を渡る必要はないのではないか。

今日、丈右衛門はずっと屋敷にいた。夕方になってはじめて身支度をし、頭巾をかぶった。

いかにもお忍びで出かけるような風情で屋敷をあとにしたのだ。

いや、今なにか動かなかったか。

背後に気配は感じない。

丈右衛門は背中に神経を集中した。

石でも転がったような音が小さく響く。

一瞬、その音に気を取られた。

前から剣気が押し寄せ、丈右衛門を一気に包みこんだ。

剣気の強さから、相当の腕の持ち主であるのが知れた。

刀を抜くことはできず、丈右衛門は提灯を投げ捨てて横に動いた。

相手はその動きを読んでいた。袈裟に振りおろしてきた第一撃はおとりにすぎず、胴に払った第二撃こそが真の狙いだった。

しまった。こんなのもわからぬとは。

丈右衛門は衰えを実感した。

間に合わぬか。

丈右衛門は思い切って体を縮めた。これしかよけるすべはないように思えた。

頭巾に刃が触れたのがわかった。一緒に髷が飛ばされたかもしれない。

丈右衛門は膝をつかい、はね跳ぶように立ちあがった。

刀を抜こうとしたが、あきらめた。すでに相手が背後にまわっているのがわかり、前に体を投げだすしかなかったからだ。

地面を転がりつつ、丈右衛門は少し後悔した。

自らを標的にするなど、はなから無理があったのではないか。

いや、今はそんなことを考えている場合ではない。

なんとかして、目の前の相手をとらえなければならない。

しかしどうすればいい。反撃もままならぬというのに。

反撃どころか、相手がどういう者か、それすらも見定められない。

丈右衛門は立ちあがろうとして、再び地面を転がった。

丈右衛門を串刺しにしようと、刀が槍のように突きだされ、地面に次々に穴をあけてゆく。

今にも体を強烈な痛みが抜けてゆくのではないか。

丈右衛門は恐怖を覚えた。

なんとかしなければ。

再び思った。

なにかに体が当たり、動きがとまった。ぎくりとしたが、すぐになにに当たったのか、解した。

塀だ。

しまった。

丈右衛門は、頭のなかが真っ白になった。顔は蒼白（そうはく）だろう。

もがくように立ちあがろうとした。

丈右衛門は、隙だらけの体をさらしたのを知った。

狙い澄まして、相手が刀を横に振る。

まずい。

丈右衛門は鞘（さや）ごと握った刀を、上に引っぱった。

刀が立ったと同時に、柄に強い衝撃が加えられ、息がつまる。

それでも体を両断されなかったのがわかり、安堵の息が口からこぼれた。

そんな暇はなかった。刀を引いた相手が突きを繰りだそうとしていた。頭巾に包まれている月代の髪が、恐怖で逆立つような気がした。貫かれる。

覚悟を決めかけた。だが、丈右衛門の体は勝手に動き、半身になった。刀は脇の下をすぎ、塀に突き当たった。軽い鉄の音が鳴る。

丈右衛門は右に動きつつ、刀を抜こうとした。

だが相手の足さばきのほうが上で、すぐさま前途をふさがれた。

相手の顔がちらりと見えた。すっぽりと覆面をしていた。まるで話にきく忍者のようだ。身なりからして、どうやら浪人のようだ。

刀を上段から振りおろしてくる。丈右衛門はまたも抜き合わせることができず、左にまわりこんだ。

地を這うように刀が追ってくる。丈右衛門の足を明らかに狙っていた。

丈右衛門は跳躍してかわしたが、その瞬間、しまったと思った。跳んでしまっては、動きが自由にならない。

相手は落ち着いている。光る目がはっきりと見えた。

刀を胴に払ってきた。

殺られた。

脳裏にお知佳にお勢、文之介の顔が映る。

次にくるはずの痛みに耐えるため、丈右衛門は目を閉じた。

だが、なにもやってこなかった。耳に届いたのは、かすかな鉄の音だけだ。

丈右衛門は地面に足をついた。目をあけ、暗闇を透かして見る。

二つの影が交錯している。互いに刀を手にして、斬り合っていた。

丈右衛門は、もう一つの影に救われたのを知った。

誰が助けてくれたのか。

じっと見た。

文之介のように思えた。

いや、紛れもない。我が息子だ。

「文之介」

丈右衛門は叫んだ。

「殺すな、とらえろ」

「承知しました」

文之介の声には、苦しさがまじっている。苦戦しているのだ。

丈右衛門は刀を抜き、峰を返した。突っこむ。

覆面をした相手が、二人と戦う不利を覚ったか、いきなりきびすを返した。

闇に駆けこんでゆく。

文之介が追おうとしたが、すぐにあきらめ、丈右衛門のもとに戻ってきた。

「父上、お怪我はありませぬか」

丈右衛門は全身を見た。着物はかなり切られているが、体に痛みはない。

しかし、お知佳に叱られるだろうな。泣かれるかもしれない。

荒い息づかいがきこえた。文之介かと思ったら、そうではなく、自分だった。

「文之介、ありがとう。助かった」

「いえ、どういたしまして」

文之介が振り返り、浪人が消えていった闇を見つめる。

「何者です」

「津伊勢屋が差し向けた殺し屋だろう」

丈右衛門が津伊勢屋という廻船問屋のことを調べているのは、文之介は知っている。

毎晩、互いに探索の成果を伝え合っているからだ。

「津伊勢屋ですか。しかしどうして父上を狙うのです。父上は、狙われるような手がかりなど、つかんでおらぬではないですか」

文之介がはっとする。

「父上、自らをおとりにしましたね」

「まあな」

丈右衛門は笑みを浮かべ、刀を鞘におさめた。息づかいももとに戻りつつある。

それを見て、文之介も刃引きの長脇差をしまう。

「父上、どんな手をつかったのです」

「文之介、そいつはおのれで考えろ」

「教えてくれぬのですか」

「今はな。そのうち、教えよう」

「けちですね」

「今頃わかったか。それがわしの性分よ」

丈右衛門は文之介と連れ立って、屋敷に帰りはじめた。

「しかし文之介、よく来てくれた」

丈右衛門は心からいった。

「たまたまです」

丈右衛門はせがれをじっと見た。

「手がかりをつかんだ顔だな」

「ええ」

「話してくれ」

「父上が先です」

丈右衛門は苦笑した。

「文之介、駆け引きがうまくなったな」

「父上のおかげです」

「よかろう、話そう」

丈右衛門は、からからになってしまっている唇を湿した。

「紺之助に頼み、ある噂を流してもらった」

「どんな噂です」

「わしが、嘉三郎の居どころをつかんだという噂だ」

「ほう」

文之介は神妙に耳を傾ける風情だ。

「居どころをつかんだわしは、嘉三郎をとらえに行く。現役の頃、解決できなかった羽州屋へ押しこんだ者の一人が嘉三郎であるのは、これまでの調べでわかっている。嘉三郎をとらえることで、どうして羽州屋が狙われたのか、そのわけもわかる」

「なるほど」

「抜け荷の縄張を広げるために、羽州屋を襲わせたのは、津伊勢屋郷之助だ。その郷之助がどう出るか。わしを襲わせるか、それとも嘉三郎の口封じに動くか。悪党どもの仁義もあって、きっとわしを襲ってくると踏んでいた」

「ずいぶんと単純な策ですね」

「策というのは、単純なほうがいい。下手にこみ入ったものにすると、すぐに見破られるからな」

「そういうものでしょうか」

「そういうものさ。実際に、津伊勢屋の刺客が襲ってきたではないか」

「しかし、父上は殺られかけていました。策は破れていたのではありませんか」

「その通りだ」

丈右衛門は正直に認めた。

「策に溺れるというやつかな。文之介が来てくれなかったら、わしはまちがいなく死んでいた」

文之介が安心したように大きく息をつく。

「年寄りの冷や水ですね。これからは、危ない真似はやめてください」

「そうするかな」

丈右衛門は首筋をなでた。

「今宵は、このあたりが寒くなった。二度と味わいたくはない」

「さようですか」

文之介が案じるように見ている。どこか寂しさがまじった目でもある。

「でも、ご無事でなによりでした」

「生きているというのは、やはりありがたいものよ」

丈右衛門はようやく体に力が戻ってきたのを感じた。文之介には覚らせないようにしていたが、これまでずっと真綿でも踏んでいるかのような心許ない感じだったのだ。

「ところで、文之介。おまえが得た手がかりとやらを、はやく話してくれ」

六

丈右衛門が襲撃を受けた晩から、三日たっている。

文之介たちは夜明け前から、おきりの墓近くの林に身をひそませた。

文之介、勇七、丈右衛門の三人だ。

町奉行所から人数をださせることも考えたが、多人数では嘉三郎は確実に気配を覚る。

それに、もともと奉行所の捕り手たちはあまり役に立たない。

それならば、三人で張りこみ、嘉三郎をとらえようということになったのだ。

今日がおきりの命日である。嘉三郎があらわれるとするならば、きっと隣接している神社の境内のほうからだろう。

もともと無住で、ほとんど参詣する人のいない神社だ。昼間の八つから七つのあいだだけ、手習所から引けてきた子供たちが集まり、遊んでいた。

昼間は結局、嘉三郎は姿を見せなかった。

晩秋ということもあり、日のあるうちはまだよかったが、夜ともなればぐっと冷えこむ。

ひそひそ声で話すのもはばかられた。嘉三郎は耳が異様に鋭い。きっとこれもきき取るはずだ。

黙りこんだまま、文之介たちはひたすら待つしかなかった。

やはり来ないのではないか。

文之介は苛立った。

すでに日は暮れ、夜があたりをがっちりと支配している。

まずいな。

文之介は思った。闇を舞台としては、やつに逃げられてしまう恐れがある。

一応、龕灯は用意してきたが、今、つけるわけにはいかない。

つけたときには、やつは逃げ去っていよう。

来ないのか。

文之介は自問した。

そんなことは決してない。

墓に生けられたあの花がその証だ。

月命日には、必ず墓参に来ているのではないか。

であるのなら、命日に来ないはずがないではないか。

しかし、嘉三郎はあらわれない。

実は今日は命日ではないのではないか。

そんな思いを抱いた。

しくじったかな。

文之介は後悔した。おきりの命日のことは近所の二人からきいたのだが、もっと多くの者にきくべきだったか。

しかし、今さら悔いてもはじまらない。じっと待つしかない。

そうだ、おのれを信じろ。俺はまちがえてなどおらぬ。

やつは必ず来る。

だが、ただ冷たい風が吹き渡るだけで、人の気配などまったく感じられない。

どのくらいのときが経過したのか。

もうじき深夜の九つになるのではないか。

不意に神社の境内から、なにかひそやかな物音がきこえてきた。

文之介は緊張した。長脇差に目を向ける。

横には丈右衛門がいるが、今の物音に気づいたか。

丈右衛門がかすかに首を縦に動かす。

気づいていた。よかった。

文之介は目を物音のしたほうに向けた。

なにか小さな灯りがちらちらしている。提灯だ。

あまり食い入るように見ることなく、提灯に目を当て続けた。

境内を抜け、提灯がこちらにやってきた。

今や、提灯の向こうに見える人の形がはっきりわかるほど、近づいてきている。

やつなのか。

文之介は固唾をのんだ。

どうなんだ。

よくわからない。

距離はあと五間ばかり。

飛びだしそうになる足を、気持ちで必死に抑えこむ。手で抑えこむような真似をしたら、嘉三郎に気づかれる。

まだか。まだ顔は見えねえか。

一陣の風が吹き、かすかに提灯が揺れた。灯りが照らしだした横顔は明らかに嘉三郎だった。

「行けっ」

丈右衛門が声を発した。すでに距離は二間もない。

文之介は長脇差をつかうつもりでいた。抜き放った。

気づいた嘉三郎が提灯を投げつける。

文之介はよけた。

その隙に嘉三郎がきびすを返す。地面に落ちた提灯が燃えはじめたのが、文之介の視野に入る。

逃がすかっ。

文之介は心で怒号し、嘉三郎の背中に長脇差を振りおろした。

紛うことなく当たったはずなのに、長脇差は空を切った。

寸前で嘉三郎は避けたのだ。背中に目があるのではないか、と文之介は疑いたくなった。そのくらい勘がいい。

嘉三郎が一気にはやさをあげる。神社の境内に逃げこもうとしている。

そこまで行かせるつもりはないが、もし境内に入りこまれたとしても、文之介はそのまま追うつもりでいた。
ここまで嘉三郎を追いつめて、寺社奉行との支配ちがいなどいっていられない。
文之介は再び嘉三郎を間合に入れた。今度こそ、と長脇差を片手で振った。
これもよけられた。
いきなり嘉三郎が文之介のほうに飛びこんできた。闇に光るものを握っている。
匕首だ。
文之介はぎりぎりで避けたが、着物をかすられた。
またも嘉三郎が駆けだす。まったく猫のような敏捷さだ。
文之介は右にまわりこみ、長脇差を薙いだ。
これも嘉三郎はかわした。
同時にまた文之介の懐に飛びこもうとした。
文之介はうしろに下がらざるを得なかった。今度は左腕に鋭い痛みが走った。
くそっ、やられた。
むろん文之介にひるみはない。しかし嘉三郎との距離は少しあいてしまった。
なにか風を切る音がした。矢のようなものが闇のなか、嘉三郎めがけてのびてゆく。
それが嘉三郎の腕に当たった。途端に、嘉三郎の体勢が崩れた。こけそうになる。
嘉三郎は必死に立て直そうとしたが、走るはやさはあがらない。

なにが起きたのか。

文之介は、ようやく解した。勇七の投げ縄だ。

「覚悟しやがれ」

文之介は刀を上段に振りあげた。渾身(こんしん)の力をこめて振りおろす。

嘉三郎はよけることもできぬまま、大きく見ひらいた目で、迫りくる刀をじっと見ていた。

七

肩が痛い。

鈍い痛みだ。

これは骨が折れたときのものだ。

どうして骨が折れたのか。

嘉三郎は苦笑した。

あの野郎、手加減なしで振りおろしてきやがった。

これまで俺がしてきたことを考えれば、このくらいですんだのは、むしろ幸いか。

ちくしょう。

不意に悔しさがこみあげてきた。
この俺がつかまるだなんて。しかもかあちゃんの墓のすぐそばだ。
油断はなかった。まさか墓が知られているとは思わなかった。
墓のことは、文之介の野郎の思いつきか。
多分、そうだろう。
やつもきっと、かあちゃんが大好きだったんだろうぜ。
甘い顔をしてやがるからな。
その甘い顔の野郎に、ふんづかまっちまった。
だから、とっとと殺しておかなきゃいけなかったんだ。
くそう。
床板を殴りつけたい。だが牢のなかにもかかわらず、全身にきつく縛めをされている。
これは自殺するのを恐れているからだろう。
誰が自ら命を絶つものか。
だが、と嘉三郎は思った。もう逃げられねえ。
待つのは獄門だ。
文之介め。見てやがれ。あの世できっと呪ってやるからな。

嘉三郎は吟味役の同心の問いに対し、すらすらと白状した。

三増屋の味噌に毒を混ぜて仕入れさせたことも口にした。

津伊勢屋は、鉄太郎一味に頼んで廻船問屋に押しこませたかどで、獄門が決まった。

なにしろ動かぬ証拠があったのだ。嘉三郎が、郷之助が鉄太郎に書いた依頼状を家に隠し持っていたのである。

それには、羽州屋を皆殺しにしてくれれば、一万両支払う旨、記されていた。津伊勢屋の署名がされ、印が押されてもいた。

よろよろと藤蔵が囚人置場から出てきた。

文之介と勇七は駆け寄り、抱きとめた。

「大丈夫か」

藤蔵の目が文之介を認める。

「ああ、文之介さま」

涙を浮かべた。尽きぬ泉のように次から次へとあふれ出てくる。

藤蔵の心労が知れた。文之介も泣きそうになった。

「長いこと、待たせたな。もう牢に戻らずともいいぞ」

文之介は勇七とともに藤蔵を両脇から抱え、奉行所の表門を抜けた。

丈右衛門がすばやく近づいてきた。

「藤蔵、大丈夫か」

「ああ、御牧さま、はい、大丈夫にございます」

声に力強さが戻りつつあった。

これなら大丈夫だろう。

文之介も安心だった。

藤蔵のせがれの栄一郎や奉公人たちがいっせいに集まり、藤蔵を囲む輪ができた。

誰もが泣いていた。

文之介はとうに涙がとまらなくなっていた。


老中の一人が罷免(ひめん)された。

嘉三郎が獄門になった。

それを、文之介は奉行所できいた。

これですべて終わったなあ。

いや、そうではない。

その日、いつもよりはやめに奉行所を辞し、文之介は帰途についた。

もう冬に入ったのではないか、と思えるほど、冷たい風が吹き渡っている。空は晴れ、まばゆさを覚えるほどおびただしい星が輝いている。

お春。

天に向かって呼びかけた。

もういいぞ。帰ってこい。嘉三郎は死んだし、藤蔵はもうほとんど本復している。

あと五間ほどで屋敷というとき、文之介はふと人の気配を感じた。提灯をあげる。

屋敷の前に人影が立っている。

文之介は予感がした。ゆっくりと近づく。

「帰ってきたのか」

文之介は提灯を吹き消した。闇が静かに文之介たちを包む。不思議に寒さは感じなかった。

文之介は面をのぞきこんだ。

「ずいぶん疲れた顔をしてるなあ」

文之介は笑った。

「なんだい、言葉を忘れちまったわけじゃあ、ねえんだろ」

「なにもできなかった」

うつむき、ぽつりとつぶやいた。

「当たりめえじゃねえか」

文之介は強くいった。

「探索は玄人(くろうと)にまかしておけばいいんだ。素人がいらぬ手をだすんじゃねえ」

「ごめんなさい」

「いや、謝ることなんかねえよ」

やさしくいって、文之介は手をのばした。そっと抱き締める。

やわらかであたたかな感触が伝わる。

お春はあらがわず、じっとしている。

文之介は幸せだった。

このままときがとまっちまえばいいのに。

文之介は星空を見あげ、心から願った。銀色の光を薄く刷いたように、流れ星がよぎっていった。

二〇〇八年五月　徳間文庫

光文社文庫

長編時代小説

情けの背中　父子十手捕物日記

著者　鈴木英治

2022年1月20日　初版1刷発行

発行者　鈴木広和
印刷　堀内印刷
製本　榎本製本

発行所　株式会社　光文社
〒112-8011　東京都文京区音羽1-16-6
電話　(03)5395-8149　編集部
8116　書籍販売部
8125　業務部

落丁本・乱丁本は業務部にご連絡くだされば、お取替えいたします。

ISBN978-4-334-79297-8　Printed in Japan

組版　萩原印刷

光文社時代小説文庫　好評既刊

巡る桜　知野みさき
つなぐ鞠　知野みさき
駆ける百合　知野みさき
しのぶ彼岸花　知野みさき
読売屋天一郎　辻堂魁
冬のやんま　辻堂魁
倅の了見　辻堂魁
向島綺譚　辻堂魁
笑う鬼　辻堂魁
千金の街　辻堂魁
夜叉萬同心　冬かげろう　辻堂魁
夜叉萬同心　冥途の別れ橋　辻堂魁
夜叉萬同心　親子坂　辻堂魁
夜叉萬同心　藍より出でて　辻堂魁
夜叉萬同心　もどり途　辻堂魁
夜叉萬同心　本所の女　辻堂魁
夜叉萬同心　風雪挽歌　辻堂魁

夜叉萬同心　お蝶と吉次　辻堂魁
ちみどろ砂絵　くらやみ砂絵　都筑道夫
からくり砂絵　あやかし砂絵　都筑道夫
臨時廻り同心　山本市兵衛　藤堂房良
霞の衣　藤堂房良
赤猫　藤堂房良
死笛　鳥羽亮
秘剣水車　鳥羽亮
妖剣鳥尾　鳥羽亮
鬼剣蜻蜓　鳥羽亮
死顔　鳥羽亮
剛剣馬庭　鳥羽亮
奇剣柳剛　鳥羽亮
幻剣双猿　鳥羽亮
斬鬼嗤う　鳥羽亮
斬奸一閃　鳥羽亮
あやかし飛燕　鳥羽亮

光文社時代小説文庫　好評既刊

陽炎の符牒　藤井邦夫
忍び狂乱　藤井邦夫
赤い珊瑚玉　藤井邦夫
神隠しの少女　藤井邦夫
冥府からの刺客　藤井邦夫
無惨なり　藤井邦夫
白浪五人女　藤井邦夫
白い霧　藤原緋沙子
桜雨　藤原緋沙子
密命　藤原緋沙子
すみだ川　藤原緋沙子
つばめ飛ぶ　藤原緋沙子
雁の宿　藤原緋沙子
花の闇　藤原緋沙子
螢籠　藤原緋沙子
宵しぐれ　藤原緋沙子
おぼろ舟　藤原緋沙子

冬桜　藤原緋沙子
春雷　藤原緋沙子
夏の霧　藤原緋沙子
紅椿　藤原緋沙子
風蘭　藤原緋沙子
雪見船　藤原緋沙子
鹿鳴の声　藤原緋沙子
さくら道　藤原緋沙子
日の名残り　藤原緋沙子
鳴き砂　藤原緋沙子
花野　藤原緋沙子
寒梅　藤原緋沙子
秋の蟬　藤原緋沙子
隅田川御用日記　雁もどる　藤原緋沙子
逃亡（上・下）新装版　松本清張
雨宿り　宮本紀子
始末屋　宮本紀子